KB130440

만남과 새로운 시작

—

　　2005년, 여름. 나의 이름은 최승태. 서울 강북의 어느 한 중학교에 다니는 3학년이란 타이틀을 보유한 사람이다. 중간고사가 끝난 날 우연히 하굣길에 번화가에 위치해있는 한 PC방에 들르게 되었다. 시험 기간으로부터의 해방을 만끽하기 위해서이기도 하고, 또 다른 이유가 더 있다면 다름 아닌 스타크래프트 실력을 좀 늘리고 싶어서다.

왜냐하면, 같은 학교 친구들이 요즘 들어 인기몰이 중인 스타크래프트를 주제로 수다를 떨고 있을 땐 내가 아는 게 없어서 항상 끼어들질 못했으니까. 유즈맵이야 나도 어느 정도 즐겨본 편에 속하지만, 요샌 밀리가 대세라서 한창 밀리 얘기뿐이다. 겉으로는 내색하지는 않지만, 나도 아는 체하며 내심 친구들 무리에 끼어들고 싶었다.

나는 스타크래프트란 게임이 Blizzard사에 의해 1997년 정도에 만들어졌다는 것밖에는 잘 알지 못한다. TV를 틀고 리모컨으로 채널을 돌려보다 보면 떡하니 나오는 스타크래프트 화면. 예전에는 대중매체에 게임이란 소재가 등장하고 있다는 것 자체만으로도 컬쳐쇼크였는데, 이제는 다들 그러려니 하며 즐겨보는 이들이 늘어나는 추세. 아직도 이 게임에 대해 모르는 현대인은 없으려니 싶다. 만약 학교 내에서 이 게임에 대해 모르고 있는 이가 존재한다면, 시시각각 변하는 유행에 매우 뒤떨어진다며 주변 애들로부터 줄기차게 왕따를 당할지도 모르는 일이다.

어쨌든 PC방 카운터 앞에 조심스레 다가선 나는, 오랜 세월의 흔적이 느껴지는 꾸깃꾸깃한 1천 원짜리 지폐 2장을 내고 선불 계산을 끝낸 뒤, 남는 자리에 골라 앉아서 가방을 탁자 아래에 고스란히 둔 뒤, 본체 전원을 발견하여 검지손가락 하나로 지그시 눌러주었다. 얼른 게임을 하고 싶은 마음 때문이었을까. 부팅 시간이 생각보다 길게 느껴져서 답답함이 내 마음속에 엄습해왔다. 으으, 도대체 언제쯤 완료 부팅이 될까….

Part 1

STARC FIGHTERS

최승태 저

부팅이 끝나기만을 간절히 바라던 내가 오른쪽으로 고개를 돌린 것은 단순히 무의식적인 행동에 불과했다. 내 옆자리에 앉아있었던 것은 같은 또래 여자애들을 좀 울리고 다녔을 것 같은 바람둥이 기질이 다분한 외모의 남자였다. 모니터를 힐끗 바라보니 그가 하고 있는 게임은 내 주 관심사인 스타크래프트. 그것도 유즈맵이 아닌 밀리를 하는 모양이다.

그의 손 빠르기는 한 30분만 더 게임을 했다간 키보드가 박살날 것 같은 수준으로 현란했고, 마우스는 그의 오른손에 깔려 한 치의 쉬는 시간도 주어지지 않은 채로 열심히 노동 중이었다. 얼굴 생김새도 조금 나이가 들어 보이는데다. 무엇보다도 교복 차림을 하고 있었기에 고등학생이 아닐까 생각된다. 아직 저녁노을이 뜨지도 않은 한적한 이 시간에 고등학생의 PC방 출입이라…. 아마도 중학생인 나처럼 중간고사 시험을 치르는 날이어서 학교 일정이 일찍 마무리됐나보다.

그건 그렇고, 이 고등학생이 플레이하는 종족은 바로 내 주 종족이기도 한 프로토스이다. 내가 스타크래프트를 처음 접할 때 어떤 종족을 골라서 해야 할 지 유심히 고민하다가, 프로토스 유닛들이 하나같이 개성이 넘치고 능력치가 비교적 높다는 것이 너무나도 마음에 들었기에 그 뒤로 줄곧 이 종족만 해왔던 나로서는, 마치 뜻을 같이하는 동지를 만난 기분이었다.

보아하니 맵은 로스트 템플이었고, 이 고등학생의 위치는 2시였다. 자신의 앞마당은 이미 확보한 상태고, 현재 미니맵에 파악되어있는 정보로는 상대는 저그, 8시 부근에서 시작하여 여러 군데에 멀티를 확보한 듯하다. 그건 그렇고, 프로토스의 2시 본진 가스에는 프로브가 4기씩이나 달라붙었는데, 3기도 괜찮지 않나? 프로토스의 앞마당 바깥에는 러커가 다수 포진되어있었다. 드래군이 앞장서서 러커와 혈전을 벌이는 와중에 옵저버를 어떻게든 잡아내려는 스커지의 행동이 정말 심상치 않았다.

밀리를 모르는 내가 딱 봐도, 지금 대결하는 이 두 플레이어는 그야말로 고수 중의 고수로 보인다. 속업된 옵저버가 일사불란하게 움직이는 스커지를 요리조리 잘 피해 다니면서 드래군들이 접근하는 오버로드를 계속해서 커트하는 모습이 일품이었다. 히드라와 저글링이 접근해올 때에는 하이템플러가 기다렸다는 듯이 사이오닉 스톰을 전방에 날렸고, 반사 작용으로 저그의 유닛들이 뒤로 빠지는 사이에 질럿들이 퍼져서 돌진하여 러커를 재빨리 제거하고, 드래군은 그런 질럿의 용맹함에 속히 거들었다.

러커 조이기가 순식간에 돌파 당했지만, 생각보다 프로토스 유닛들이 많이 훼손된 상태다. 프로토스가 주도권을 유지한 채 2시 미네랄 멀티를 확보하려는데, 이를 주도면밀하게 감시한 저그는 방 4업의 울트라와 아드레날린 저글링으로 프로토스의 앞마당 정리에 들어갔다. 때맞춰 프로토스의 본진 게이트에서 나온 따끈따끈한 아칸 3기가 캐논을 등지고 방패막이 역할을 담당했으나 중과부적이었다. 2시 미네랄 멀티에 있던 프로토스의 질럿 다수와 드래군, 하이템플러가 본진 사수를 위해 모조리 귀환하였으나 난전 속에 모두 진압되었다. 프로토스의 2시 미네랄 멀티는 완성되자마자 저글링에 의해 파괴되고 말았다.

Shadow : GG
Die : GG

결과는 프로토스의, 내 옆자리에 있는 이 고등학생의 참패였다. 둘이서 게임을 끝내고 채널로 나오는데, 수십 명 이상의 인원이 그 채팅방에서 그들에게 방금 치른 게임의 승자가 누구인지 물어보기에 바빴다. 실력이 뛰어나니까 어느 정도 이름이 알려지지 않았을까 하는 생각이 처음부터 들긴 했었는데, 분주하게 오가는 메시지들을 관찰해보니 유명인사인 거 100%다, 이 고등학생은.

"저기, 형. 이번 게임 잘만 했으면 이길 수 있었을 텐데 많이 아깝네요."

나는 위로라도 할까 하여 간단하게 말을 걸었는데, 고등학생이 시선을 내 쪽으로 돌리긴 했으나, 나를 유심히 노려보기만 하고 말을 꺼내질 않는다. 서로 모르는 사이인데도 불구하고 내가 너무 친근하게 말을 걸어서 그런 걸까….

"에휴, 그러네. 너무 아쉬워. 반드시 이겨야 하는 게임이었는데."

뻘쭘해진 채로 굳어있던 나를 어떻게든 부드럽게 풀어주고 싶었던 걸까, 고등학생이 마침내 나에게 짧은 푸념을 늘어놓았다. 그러고선 하던 채팅에 다시 집중.

Zera : 원석이 형, 리플레이는 있지?
Shadow : 있다마다, 한번 보자고

성은 알 수 없지만, 정황상 이름은 원석인 듯하다. 아까 전 게임의 리플레이를 보면서 인터넷상의 동료들과 함께 패배 원인을 분석 중인데, 난 아까부터 이 고등학생이 슬슬 지겹다고 느낄 정도로 연이어 말을 걸고 있었다.

"형은 스타크래프트가 재밌어요?"
"처음에는 그냥 재밌을법한 게임인 것 같아서 했는데, 실력을 쌓으면 쌓을수록 서로 경쟁심이 짙어져서… 재밌다기보다는 꽤 흥미롭기 때문에 하는 거라고나 할까."
"하시는 거 보면 정말 스타크래프트를 오랫동안 해 오신 것 같은데, 맞죠?"
"알고 보면 그렇게 오래 한 것도 아니야. 짧은 세월에 실력이 빠르게 늘어버렸지. 그런데 이런 식으로 묻는 걸 보니… 넌 내가 어떤 사람인지 전혀 모르고 있네."
"네…? 어떤 사람인데요? 형 유명해요?"
"모르면 됐어, 하하."

음…? 그러고 보니 아까 내가 컴퓨터 전원을 켜둔 걸 깜빡하고 있었다. 여러 파일로 가득한 바탕화면이 뜬 것을 보니 이미 부팅이 완료된 듯하다. 방금 전에 봤던 굉장했던 한판을 보고나니 의욕이 마구 샘솟기 시작했다. 나도 연습만 하면 저렇게 될 수 있을 거야 하는 막연한 기대감. 그것이 내 머릿속을 지배했다. 나는 허둥지둥 스타크래프트 아이콘을 더블클릭했다. 배틀넷에 들어가 보니 「4:4 무한맵 제발 초보만 와라」라는 방제가 바로 보이길래 클릭해서 바로 게임을 진행했다. 프로토스인 나는 시작하자마자 프로브들을 마우스로 드래그하여 한 미네랄에 우클릭 했다.

"너 말이야, 설마 스타크래프트 유즈맵만 해봤던 건 아니겠지…?"

옆자리에서 아까 나와 대화를 나누던 그 고등학생이 내가 게임을 하는 걸 흘겨보더니 안쓰럽다는 듯 물었다. 이때 마침 뒤에 서서 하는 걸 구경하던 초등학생으로 추정되는 두 꼬마 녀석들이 킥킥거리며 웃는 소리가 내 귀에 생생히 전달되었다. 이제 막 시작했을 뿐인데 뭐가 문제인 거지?

"… 제가 뭐 잘못했어요?"
"으휴, 일꾼을 나눠야지. 한 미네랄에만 우클릭을 해서 보내면 프로브들이 미네랄 채취를 잘 못 하잖아."

고등학생 형이 내게 스타크래프트를 알려주기 시작한 건 그때부터였던 것 같다. 프로토스만이 가지고 있는 장점, 건물의 가격과 기능, 유닛의 능력치와 활용 용도, 공격의 종류인 진동형, 폭발형, 노멀형의 특징들도 모조리 다. 무슨 학교에서 시험공부 하는 것처럼 게임에 대한 걸 달달 외워야 했다니… 유닛들의 특징과 이름만 알고 있었던 나는 굉장히 당황스러워했고 결국 귀에 들어오는 건 하나도 없었다.

"좋아, 오늘은 여기까지. 내가 알려줬던 것들은 절대 잊어버리면 안 돼! 필수 지식들뿐이니까 말이야."

그 이후로 나는 PC방에서 매일 저녁마다 야간 자율 학습을 당당하게 째고 온 원석이 형에게 강의(?)를 들으면서 스타크래프트 밀리에 대한 이해를 높여나갔다. 평소에 별로 해본 적이 없었던 유한맵, 로스트템플과 같은 전장을 위주로 해서 여러 설명을 들었는데, 멀티마다 전략적인 특성이 제각기 존재하고 있어 어떤 멀티를 먹느냐에 따라 게임의 승패가 좌우되기도 한다는 말을 들었을 땐 솔직히 놀랐다.

게임의 전체적인 흐름에 대한 설명을 들었을 때 가장 흥미로웠던 것은 프로토스가 테란을 상대할 때 가장 기본 유닛인 질럿을 뽑지 않고, 바로 코어를 올려서 드래군부터 사용한다는 점이다. 테란이 대 프로토스전에서 마린 메딕 위주의 바이오닉을 사용하지 않고 벌쳐 탱크 위주의 메카닉으로 바로 전환을 하므로, 질럿이 원거리 공격 유닛이 아니라서 벌쳐와 같이 속도가 빠른 원거리 공격 유닛에 극도로 취약하다는 것이 현재 프로토스의 코어 테크트리 드래군 체제를 만들게 한 원인이다.

멀티의 위치마다 전략적인 특성이 존재한다는 내용도 들을 만했다. 로스트템플의 스타팅 멀티들은 확보할 시 건물을 다량 건설할 수 있는 넓은 언덕 지형 전체를 자신의 영역으로 만들 수 있는 것이 큰 이점이 있고, 적이 공격해올 지상 루트는 좁은 입구 하나뿐, 굳게 사수하고 있을 땐 함부로 뚫기가 어렵기에 방어 또한 용이하다는 것이다. 잘 가져가기만 한다면 가장 좋은 위치의 멀티라고 한다.

이에 반해 로스트템플의 앞마당 멀티 같은 경우엔 지상유닛이 올라갈 수 없는 언덕 하나를 끼고 있는데, 이 높은 지형을 적이 점령할 땐 시도 때도 없이 공격을 당하기 쉬운 멀티이지만, 그 앞마당이 자신의 본진과 가까운 멀티일 경우 지원 자체는 빠르게 할 수 있다고. 자신의 앞마당은 가장 가까운 위치에 있다는 특성이 있어서 게임을 하게 되면 처음으로 확보할 수밖에 없는 멀티이다. 다만 타스타팅 앞마당은 가깝지가 않으므로 확보하기 전에 많은 생각을 해야 한다.

로스트템플의 미네랄 멀티들은 말 그대로 미네랄밖에 없는 멀티이기에 가스가 존재하지 않는다. 어떻게 보면 먹기가 참 애매하지만, 이 멀티를 확보할 경우 상대방이 조이는 플레이를 하기 어렵다고 한다. 여기서 조이는 플레이란 상대방이 나오는 루트를 봉쇄하여 자신의 진영 쪽으로 공격 오기 어렵게 하는 수단이라는데, 이런 행동이 불가능해져버리는 이유는 미네랄 멀티 지형이 상당히 개방되어 있기 때문이라고 한다. 물론 개방되어있다면 사방에서 공격을 당하기는 쉽다곤 하지만, 그곳을 수비할 여력이 된다면 나중에 진출할 때는 여러 곳으로 뻗어 나갈 수 있다는 것이다. 전진 기지의 용도로 생각하면 편하다고 한다.

로스트템플의 섬멀티는 자원이 밀집되어 있지 않다는 특성이 있다. 지상 유닛이 수송 수단이 없을 때는 공격하지 못하는 특수한 멀티이며, 이곳을 확보했을 땐 공중 유닛의 활용이 매우 중요해진다고 한다. 제공권을 내줬을 땐 상대의 공격을 섬멀티 지형에서 막을 수밖에 없다. 매우 동떨어진 위치에 있기 때문에 지원을 가는 데에는 시간이 걸리므로 방어 타워에 의존하는 경우가 많다고 한다.

나야 솔직히 무한맵밖에 해본 적이 없었기에 이런 지식들을 가지고 있었을 리 만무하다. 지금까지 스타크래프트가 무조건 캐리어와 배틀쿠르저, 가디언, 디바우러가 날뛰고 놀기만 하는 게임인 줄만 알고 있던 나는, 이번 기회에 스타크래프트 유저의 길이 얼마나 험악한지를 깨달았다.

원석이 형을 떠나보낸 그 후로도 나는 PC방에 둘러앉아서 배틀넷 유저들과 스타크래프트 밀리 1:1을 했는데, 여전히 이기기는 쉽지 않았다. 패배에 또 패배, 시간을 투자해 나를 가르쳐주고 있는 원석이 형에게 미안함마저 들 정도로 처참하게 졌다. 잘하는 사람에게 배운다고 실력이 금방 느는 것은 아닌 것 같다. 그러고 보니 벌써 밤 10시가 됐네. 게임 하다보면 시간은 진짜 빨리 가는 것 같다. 슬슬 집으로 돌아가 보도록 할까.

–

"오호라, 이 녀석. 이렇게까지 실력이 늘 줄이야…. 대단한데?!"

어느 날 저녁 시간, 뒤늦게 PC방에 찾아온 원석이 형이 내 모니터에 승리 메시지가 떠있는 것을 확인하고 놀란 듯이 말했다. 아아, 정말 오랜만에 보는 승리 메시지였다. 제대로 시작한 지 얼마 되지 않아 실력이 매우 미흡한 내가 사람을 이길 정도의 실력은 된다는 게 너무나도 자랑스럽다. 다만 조금 걸리는 것은 절대로 내가 월등히 잘해서 이겼다고 생각되지 않는다는 것이다.

"최승태, 한번 리플레이 저장해봐. 부족한 게 있으면 바로 알려줄 테니."

나는 바로 Replay 버튼을 눌러 저장했고, 방금 막 구운 따끈따끈한 리플레이를 곧바로 원석이 형에게 보여주었는데, 아직 밀리를 배운 지 얼마 되지 않았기에 조금은 이해해주는 것 같았지만 하는 말이나 얼굴 표정에는 실망감이 자연스레 드러났다.

"상대가 너무 못하는 사람이었네. 개념 없이 본진 입구 캐논이 뭐냐 이게⋯. 프프전에서 더블넥서스하는 것조차도 놀라운데 더블넥서스를 하는 것도 아니네. 초반에는 일꾼 숫자가 게임의 대세를 바꿔놓는 중요한 역할이 되니 일꾼은 꾸준히 뽑는 게 좋을걸. 그리고 프로토스전에서 위치가 가까울 때는 우선 2게이트 체제를 가는 것이 가장 정석적이라고 내가 말한 적이 있었을 텐데⋯?"
"어쨌든 이기긴 이겼잖아요. 이기면 되는 거 아닌가요⋯. 반드시 정석을 따라야 하는 건가요?"
"아직 너는 초보라서 가장 무난한 정석부터 배우는 게 좋다고 봐. 나도 스타크래프트를 많이 해봤고 경험해왔기 때문에 이런 말을 해주는 거야."
"그럼 제가 방금 사용한 1게이트 체제는 왜 사용하면 안 되는 거예요?"
"거리가 너무 가깝다는 거지. 이런 때에 상대가 2게이트 체제이고 네가 1게이트 체제라면 초반부터 질럿 싸움에서 밀리니까 불리한 상황에서 출발하는 거나 다름없어. 로스트 템플에서 12시, 2시 스타팅은 정말 가까운 편이야. 다른 맵들은 아무리 가깝게 걸려도 이렇게 가깝진 않은데, 이 맵만 특히 그래."

게임을 이겼을 때는 기분이 좋았는데 막상 원석이 형에게 지적을 받다보니 게임을 이겨도 영 쾌감이 느껴지지 않았다. 도대체 정석의 기준이란 무엇일까⋯. 내 마음대로 빌드오더를 결정하고 행동하면 안 되는 것인가⋯. 무조건적으로 정석을 따라 게임을 진행해야 하는 것인가. 솔직히 스타크래프트를 제대로 시작하기 전에는 그냥 하다보면 실력이 알아서 늘어날 줄 알았다. 그런데 하고 보니 실력은커녕 불완전한 플레이에 내가 미약하게 느껴졌고, 내가 한심해졌다.

그런데 아까부터 PC방 한구석에서 계속 시끄러운 소리가 들려오는데, 도저히 멈출 기미가 안 보인다. 대체 웬 소란이지…. 한번 가서 알아보고 올까. 나는 내 옆 자리에서 자신의 귀에 이어폰을 꼽은 채 MP3로 조용히 음악 감상을 하던 원석 이 형을 놔두고 자리에서 일어섰다. 컴퓨터가 나란히 배치된 한 라인을 벗어나서 PC방 한가운데에 난 통로로 정확히 열두 걸음 걸은 뒤 모퉁이를 돌아 소음의 발 생지를 탐색해보니, 고등학교 교복을 입고 있는 두 사람이 게임을 하면서 시끄럽 게 떠들고 있었다. 원석이 형이 다니는 고등학교의 교복은 아닌 것은 확실하다. 게임은 내가 며칠 전부터 맹연습하고 있던 스타크래프트를 하는 것 같다. 어떤 실력을 갖추고 있는지만 가볍게 확인해보고 돌아가자.

한 사람은 저그 유저였고 한 사람은 프로토스 유저였는데 서로 1:1을 하고 있었 다. 로스트 템플 맵에서 8시 저그와 2시 프로토스의 주력 유닛들이 중앙에서 한 타 싸움을 치르는데, 러커의 숫자가 부족했던 저그의 유닛들이 천천히 뒤로 밀리 더니 결국 자신의 미네랄 멀티까지 밀려 들어왔다. 프로토스가 계속 찔러보고는 있으나 스포어콜로니 1기와 뒤늦게 생산한 러커와 성큰 방어선을 뚫고 들어올 수는 없어서 프로토스는 12시 타 스타팅을 하나 확보하여 안정적으로 승패의 주 도권을 쥐었다.

"……"

저그로 게임을 진행하고 있던 고등학생은 약간 주춤하는 듯한 기색을 보였다. 이 미 중앙의 시야가 끊겼고 테크는 레어, 보이는 것은 오버로드가 확보해놓은 드랍 이동 경로 뿐, 프로토스의 타 스타팅 유무는 저글링 1기로 이미 확인해둔 것 같다. 저그에 있어서 방법은 한 가지밖에 없었다.

"너 같은 녀석에게 질 순 없다. 간다!"

그때였다. 그 외침이 끝나기도 전에 뮤탈이 프로토스의 본진에 난입해 다수 게이 트를 지휘하고 있던 파일런을 일방적으로 공격하여 부순 뒤 게이트를 점령, 추가 지원 유닛을 차단하였고, 저글링과 히드라가 무수히 쏟아져 나와 일제히 중앙의 프로토스 주력 유닛들을 공격하기 시작하였다. 저그의 엄청난 병력 숫자에도 프 로토스의 유닛들은 당황하지 않고 잠깐 뒤로 물러선 뒤, 하이템플러 6기 이상과 합류하여 스톰을 동반한 물량전을 벌였다. 재빠른 스톰 대응 때문인지 저그의 유 닛들은 처참하게 몰살당했고, 뒤늦게 저글링들이 일렬로 왔다가 프로토스의 갖 춰진 병력들에 의해 처참히 케첩 신세가 되었다. 프로토스의 타 스타팅은 이미 활성화되어 돌아가고 있었고, 타 스타팅 넥서스 주위의 캐논들도 완성되었다.

Maron : GG
Soen : GG

경기는 프로토스의 승리로 돌아가긴 했는데, 두 게이머의 게임화면을 번갈아 보며 관전했던 나는 의문이 들었다. 저그 유저였던 자는 조금 전 게임에서 컨트롤을 하나도 하지 않았던 것 같다. 도대체 어떤 의도가 있었길래 그런 행동을 했던 것일까. 나는 저그 유저에게 천천히 다가가 물었다.

"저기, 왜 형은 컨트롤을 안 하시나요?"

… 근데 다시 한 번 곰곰이 생각해보니까 나도 미친 것 같다. 어찌하고 보면 이건 질문이라기보다는 치욕(?)에 가까운 말을 해버린 것이다. 분명히 아까의 마지막 교전은 저그의 유닛들이 사방에서 공격해 들어가기만 했어도 프로토스의 유닛들을 잡을 수 있었고, 그때 히드라를 조금이나마 퍼뜨리기만 했어도 스톰에 몰살당하지는 않았을 것이다. 내 물음에 저그 유저는 굉장히 당황스러움을 금치 못했고, 옆에 앉아있던 프로토스 유저가 신나게 웃더니 거들었다.

"하하핫! 꼬마가 말 한번 잘했네. 얜 말이야, 스타크래프트에서 가장 중요한 컨트롤을 귀찮다면서 안 하는 스타일이야. 참 특이하지?"
"인제열 개자식, 이번 판은 사실 내가 봐준 거 모르냐?"
"내가 화려한 플레이를 보여줘서 진 건 아니고? 어쨌든 내기는 내가 이겼으니까 잔말 말고 음료수 값이나 한턱내세요, 김범진씨!"
"제길… 중간고사가 끝날 때까지 계속 벼르고 있었건만 또 지다니! 으아아아아!"

… 나 때문인가. 멘탈이 붕괴되셨군. 하지만 이 저그 유저는 아무리 컨트롤을 안했어도 나보다는 분명 수준급이었으며, 절대로 못 한다고 생각되지는 않는다. 왜냐하면, 물량만큼은 누구보다도 뛰어났기 때문이다. 프로토스보다 적은 멀티 숫자를 가졌는데 저런 물량이 나올 줄 나도 상상하지 못했다. 그런데도 프로토스가 스톰으로 반전했다는 건 분명 저그의 컨트롤 미스에서 나온 결과이다. 프로토스를 상대로 정면으로만 공격했으니 스톰에 바로 밀리는 것이 당연하다. 그런데 이 두 사람, 스타크래프트를 통해 경쟁하는 사이인 듯 싶은데, 내기하면서 저렇게 농담도 서슴지 않을 정도면 오래전부터 친구였던 것 같은 느낌이 팍팍 든다.

"어라, 너희도 오늘 야자 튀었냐?"

그때, 저쪽에서 누군가가 다가오더니 반가운 표정으로 말을 건넸다. 목소리가 들려오는 쪽을 바라보니 원석이 형이 있었다.

"최원석!"

고등학생 교복을 입은 두 사람이 동시에 원석이 형의 이름을 부르며 자리에서 일어났다. 뭐야, 서로 아는 사이인가!? 원석이 형이 아직 이 고등학생들을 잘 모르고 있던 나에게 하나씩 지목해가며 소개, 서로 통성명을 나누게 하였다.

"최승태. 이 녀석들은 스타크래프트로 만난 사이인데, 우선 이 녀석은 인제열이라고 해. 아이디는 Soen을 쓰지. 종족은 너와 같은 프로토스인데 엽기전략을 주로 쓰는 게 이 녀석의 장점이자 단점이야."
"아니, 둘이서 아는 사이였어? 흐음…. 어쨌든 반갑다. 원석이가 거의 다 설명해버려서 특별히 할 말은 없네."

이 인제열이란 형은 마른 체형을 가졌고 머리를 꽤 길게 기른 게 특징이다. 암만 봐도 공부 좀 하게 생겼다. 원석이 형이 제열이 형의 옆에 있던 그 문제의 노컨트롤 저그 유저를 가리키며 말했다.

"그리고 옆에 있는 이 녀석은 김범진이라고 해. 아이디는 Maron을 쓰고, 저그 유저인데 컨트롤을 포기했기 때문에 빛을 보고 있진 못하지만, 아마추어 계에서 물량만큼은 인정하고 있는 사람이야."
"컨트롤만 빼면 나도 고수란다, 반갑다."

이 김범진이라는 형은 매우 큰 키를 가지고 있었다. 얼굴은 굉장히 평범했지만 평범함에서 묻어나오는 친근함이 제법 굉장했다. 그나저나 컨트롤만 빼면 고수라니… 말하는 게 얼마나 재밌던지 인사 중에 웃겨서 죽을 뻔했다. 교전 시 유닛 컨트롤 자체를 안 한다라… 이런 개성이 넘치는 유저들도 있었는가. 제열이 형이 갑자기 문득 떠오른 게 있었는지 원석이 형에게 말을 건넸다.

"최원석, 그러고 보니 대회 건은 어떻게 됐어? 이제 시간도 별로 없는데 얼른 멤버 모아야지."
"아아…. 안 그래도 오늘 학교에서 그 녀석을 만났는데, 영 협조해줄 생각을 안 하더라고. 역시 작년의 그 일 때문인가. 정말 난감하네."

음, 무슨 말들을 하고 있는 거지? 원석이 형에게 물었더니 자세한 설명을 해주었는데, 무엇이냐 하면 이 지역 근방에 스타크래프트 대회가 열린다는 것이다. 그런데 중요한 건 개인전이 아닌 4:4 팀플레이 최강 팀을 가리는 것. 그런데 여기 있는 세 사람을 제외하고 1명이 더 필요하다는 것이다. 이어서 제열이 형이 내게 안내문 용지를 하나 줬는데, 바로 아까 그 대회에 대한 안내문이다. 맵은 배틀넷에서 팀플레이 맵으로 유명한 헌터, 종족 제한은 같은 종족을 4명 이상이 쓰면 안 된다는 것뿐이었다. 물론 내가 나간다면 4명이 확정되긴 하지만 나는 솔직히 별로 자신이 없다. 아직 배운지도 얼마 안 된 나 하나 때문에 팀원 간의 호흡을 무너뜨려 탈락 위기까지 만들고 싶진 않았기 때문이다.

"아하, 그렇지! 이 녀석을 포함하면 어떨까?"

난 안될 거야 하면서 스스로 체념하고 있던 그 순간, 원석이 형이 나를 지목하며 두 고등학생 형들에게 제안했다.

"아직 얘가 스타크래프트를 제대로 배운지는 얼마 되진 않았지만, 의외로 내가 알려주는 건 재빠르게 외워버리니까. 팀플전은 개인의 실력보단 팀원들 간의 호흡이 중요하잖아? 이 녀석에게 기회를 주면 아마 열심히 최선을 다할 거다. 최승태, 너도 솔직히 나가고 싶지?"
"네."

알고 보니 이 세 사람은 같은 길드에 소속되어 있었다. 예전부터 이 PC방에서 같이 밀리 연습을 하면서 서로서로 실력을 늘려나갔다고 한다. 이게 2년 전인 고등학생 1학년 때의 얘기라는데…. 잠깐, 이 사람들…. 고등학교 3학년이었어!? 이렇게 놀고 있어도 되는 것인지 모르겠다.

그나저나 범진이 형과 제열이 형은, PC방에서 만나기만 하면 항상 1:1 대결을 하면서 음료수 값 내기를 하는 것 같다. 무슨 원한을 겪었는지 질풍노도와 같은 빠르기로 프로토스의 앞마당까지 쳐들어오는 범진이 형이나, 하이템플러의 스톰으로만 막고 있는 제열이 형이나, 너무 재밌는 사람들과 친해진 것 같다. 팀플레이 대회는 이제 2일밖에 남지 않았다. 원석이 형의 추천으로 인해 이 대회에 참가하게 됐으니, 보답하기 위해서는 나도 계속 실력을 쌓아야겠다고 다짐했다.

… 억지로 학교 수업을 받고는 있는데, 아무래도 중간고사 시험이 끝난 탓인지 볼펜은 쥐어지지 않았고, 머리에는 스타크래프트에 대한 생각들만 떠올랐다. 우리 반은 스타크래프트 열풍이 대단한 편인데, PC방에나 가서 스타나 한판 하자고 선동하는 남자애들이 많았다. 나는 아무래도 실력이 없다보니 안 간다고 했더니, 녀석들은 나한테 쫄았느냐, 내가 무서우냐면서 가지가지로 반응했는데, 난 별 상관 안 했다. 지들 맘대로 생각하라지.

이제 스타크래프트 팀플레이 대회도 단 하루밖에 안 남았다. 토요일이라 수업은 일찍 끝나기에 얼른 종례를 받고 학교 정문을 나서니, 전방에 원석이 형과 범진이 형, 제열이 형이 고등학교 교복 차림으로 옹기종기 모여 잡담을 나누며 날 기다리고 있는 게 보였다. 잠깐만, 원래 우린 PC방에서 만나기로 약속했었는데…. 어차피 개인전이 아닌 팀플레이라 연습을 같이 해야 하니 먼저 PC방에 가봤자 이득이 될 게 없다 하여 여기까지 와서 날 기다리고 있었던 것 같다. 우리는 PC방에 당도하자마자 각자 자리에 앉아 컴퓨터 전원을 눌렀는데, 옆에 앉아있었던 원석이 형이 내게 귀띔해줬다.

"오늘은 호흡도 호흡이지만 인구수가 막히지 않는 걸 신경 쓰도록 해. 물량을 잘 뽑으려면 인구수가 안 막히는 게 기본이 되어야만 하니까."

그러고 보니, 범진이 형이나 제열이 형은 인구수가 막히지 않아 끊임없이 물량을 뽑는 게 가능했었군. 단순히 자원이 많다고 물량이 더 많이 나오는 것도 아니라고 한다. 좋아…. 그럼 나도 한번 파일런을 아낌없이 늘리면서 물량을 뽑아내야겠다. 그러고 보니…. 팀플레이 대회에 참가할 땐 고유의 아이디가 필요하지 않을까? 배틀넷에 들어가기만 하면 항상 아이디를 새로 만들어내서 스타크래프트를 했기 때문에 내게는 아직 고유의 아이디가 없었다. 뭐 좋은 이름이 없을까….

「육항」

나는 어릴 때부터 삼국지를 무척이나 좋아했는데, 여러 훌륭한 인물 중에서도 난 오나라의 지략가 육손의 아들 육항을 굉장히 마음에 들어 했다. 오나라 최후의 장수라는 타이틀이 멋있어 보인다고 해야 할까…. 나는 주저하지 않고 육항이란 이름을 영어로 그대로 옮겼다.

「Yukhang」

좋아, 나쁘지 않아! 앞으로는 마음이 바뀌지 않는 한 이 아이디만 사용해야겠군. 내가 새로운 아이디를 만들어내며 흡족해하고 있는 이 순간에, 원석이 형은 제열이 형에게 대회에 관련해 자신의 의견을 과감히 제시했다.

"인제열, 너의 주 종족이 프로토스이긴 하지만 대회에선 테란으로 하도록 해. 게임을 주도하는 데에는 테란만큼 좋은 게 없고, 나중에 장기전 화가 되었을 때는 네가 중앙 쪽에 탱크를 배치하면서 주도권을 잡아가야 하니까."
"하긴, 우리 팀에 테란이 하나도 없으면 바뀌는 상황에 유동적이질 못하지."

제열이 형도 같은 생각을 하고 있었는지, 주저 없이 테란으로 종족을 바꾸기로 하였다. 우린 단체로 배틀넷의 「4:4 헌터 제발 초보만 와라」란 방에 난입한 뒤 같은 팀으로 맞췄다. 게임은 시작되었고 원석이 형은 5시, 제열이 형은 3시, 범진이 형은 6시 진영이었다. 난 11시 진영인데…. 그러고 보니 형들은 위치가 붙어있는데 나만 떨어져 있는 것이었다! 나는 어떻게 해야 할지 몰라서 당황했다. 분명 적들의 타겟은 내가 될게 너무나도 당연했다. 어떻게 방어해야 할지 생각을 해봤으나 별다른 해결책이 생각나질 않았다. 그때, 원석이 형이 우리에게 다 들리도록 크게 이야기했다.

"범진이는 우선 10드론 더블해처리 스포닝풀로 가도록 하고, 제열이는 2배럭 빌드오더를 써서 뽑은 마린들을 모두 중앙 쪽으로 보낸 뒤, 나와 같이 행동하여 우선 적의 움직임을 파악하도록 하자. 그리고 최승태, 너는 동맹 창 옆에 있는 메시지 창을 열어서 Send to everyone로 체크되어있는 걸 Send to allies로 체크한 뒤에, 위급한 일이 있으면 채팅을 통해 우리에게만 알려주도록 해. 이렇게 하면 우리에게만 채팅이 전달되거든. 팀플레이에서 자주 사용되는 팀챗이란 거니까 잘 알아둬. 그리고 넌 방어만 해."

나는 얼른 메시지 창을 열어서 Send to allies로 체크하긴 했는데, 그 사이에 예약된 프로브들이 미리 나와 놀고 있어서 얼른 프로브를 미네랄을 채취하도록 명령

한 뒤 프로브 생산 버튼을 눌렀다. 파일런을 짓고 있었는데 그때 적의 SCV 하나가 내 진영으로 왔다. 굉장히 빨리 왔군. 그렇다면 12시는 테란인가. 그런데 내가 첫 게이트웨이를 올리고 있을 때, 갑자기 채팅창에서 반응이 왔다.

Maron : 7 P
Soen : 1 Z

… 형들이 무슨 말을 하는지 몰라서 원석이 형에게 넌지시 물어봤더니, 일꾼 정찰로 얻어낸 중요한 정보를 요약해서 빠르게 전달하기 위해 긴 정보들을 축약해서 팀챗으로 알려주는 것이라고 대답해주었다. 그렇다면 숫자는 적의 위치이고, 메시지는 상대의 종족을 알려주는 것인가. 나는 우선 하던 대로 2게이트 빌드를 사용하여 질럿을 꾸준하게 뽑으려 하였다.

그런데 갑자기 초반부터 상대방 측의 저글링 6기와 2기의 마린이 내 진영으로 몰려들었다. 우선은 원석이 형의 가르침에 따라 우선 1 질럿을 뒤로 뺀 뒤 프로브와 같이 싸웠다. 저글링은 어떻게든 프로브가 열심히 잡아주긴 했는데 마린에 의해 질럿이 죽고 그 뒤에는 프로브가 계속 데미지를 받았다. 유닛들이 주인을 잘못 만나서 이렇게 죽어야 한다는 게 뭔가 안타깝기도 하고 한편으로는 형들의 지원을 기대했다.

그런데 적들이 나의 질럿과 프로브를 실컷 죽이다가 갑자기 뒤로 빼는 것이 아닌가. 확인해보니 1시에 위치한 상대팀 저그 진영에서 원석이 형의 질럿 2기가 상대방의 해처리와 미네랄 사이에 배치된 성큰 콜로니 1기를 무시하고 계속 드론을 잡고 있었다. 방어 타워가 건설되어 있는데도 굳이 저걸 상대하지 않는다라…. 발상의 전환이란 게 이런 것이었구나. 나는 감탄사를 연이어 내뱉으며 1시 저그 진영을 계속 주시했다. 원석이 형의 질럿 2기는 전부 제거되긴 했으나, 드론만 4기 가량 잡아냈으니… 이 정도면 큰 성과라 할 수 있었다.

제열이 형은 중앙 쪽에 계속 마린을 보내 원석이 형의 후속 질럿 1기와 합류한 뒤 12시 테란 견제에 들어갔다. 질럿이 방패막이가 되고, 마린이 뒤에서 보조 역할을 해주니 그야말로 금상첨화였다! 12시 테란은 그대로 밀릴 수밖에 없었고, 제열이 형과 원석이 형은 그대로 파고 들어가서 SCV를 몰살시켰다. 12시 테란이 망해가는 이 긴박한 순간에 갑자기 양측에서 채팅러쉬가 시작되었다.

ChoboHunter : 아니, 분명 초보만 오라고 방제 붙여놨는데 저 팀에 고수들이 좀

껴있네

Soen : 그러게 아이디 보고 걸러냈어야지, 우리가 누군지 몰랐으면 전적이라도 확인하든가

Family : 저기 님들 유명해요?

Soen : 엄청나게 유명하지, 우리 팀 중에 *Yukhang* 빼고 다 개인전 대회 우승 경험이 있어

ChoboHunter : 우리 같은 초보들만 골라서 때려잡으면 기분 좋냐

Maron : 사실 이 방 들어가자고 내가 건의했지, 흐흐

ChoboHunter : 안 되겠다. 애들아, 쟤네들 손 좀 봐줘라

Family : 예 형님

Bunker : 예 형님

London : 예 형님

이윽고 상대편 측에서 갑자기 조직적인 움직임을 보이기 시작했다. 7시 프로토스와 9시 저그의 질럿과 저글링 병력들이 범진이 형의 6시 진영으로 향했기에, 범진이 형은 그동안 모아왔던 저글링들을 진격시켰고, 양 세력은 6시 앞마당 부근에서 마주쳐 교전을 치렀다. 범진이 형이 본진 더블해처리를 한 뒤 견제를 한 번도 받은 적이 없어서인지, 1:2의 수적열세의 상황에서 물량 하나만으로 압도를 해버렸고, 발업된 저글링들의 기동성을 적극적으로 활용하여 퇴각하는 상대방 병력들을 쏜살같이 추격하였다.

Shadow : 제열아, 1시 한 번 더 들어가자

Soen : 알았어

Yukhang : gogogogogogo

자원은 없고 프로브와 질럿 또한 남아있질 않아 매우 무료했던 나는 미친 듯이 전진이라는 메시지만을 연타했다. 제열이 형은 원석이 형의 질럿들과 같이 메딕을 추가한 바이오닉 병력으로 1시 저그를 습격, 질편한 크립만 남겨두고 나머지는 인멸한 뒤에 중앙으로 회군했다. 이에 질세라 7시 프로토스와 9시 저그는 6시에 있었던 범진이 형이 온리 저글링으로 처리해버렸다. 팀플레이에서는 컨트롤보다는 물량이 더 비중이 높아서 그런지, 범진이 형의 물량 실력은 팀플레이에서 더욱 빛을 발휘하는 것 같다. 그런데 생각해보니 나는 이 게임에서 일명 몸빵 역할만 했다. 결국, 마무리는 형들이 하기만 하고, 나는 있으나 마나였다. 아직 실력이 모자란 탓인가?

첫 팀플레이 게임을 승리로 이끈 우리는 계속해서 공방 팀플방에 쳐들어갔고, 게임을 할 때마다 나는 항상 폐허 직전까지 몰렸다. 단 한 번도 정상인 적이 없었다. 다행인 것은 형들의 실력이 전체적으로 뛰어나서 항상 승리로 이끈다는 것이다. 덕분에 내가 새로 만든 아이디, Yukhang의 전적은 11승 0패, 오로지 승수만 채울 수 있었다. 뭔가 날로 먹는다는 생각이 들지만 아무렴 어때?! 가끔은 이렇게 조력자의 도움이 필요하기도 하다. 인생은 혼자의 힘으로 버티기에는 매우 험난하니까. 그나저나 내가 스타크래프트에 인생이란 단어를 접목해 생각하는 날이 있을 줄이야.

승리뿐인 게임이라도 계속하다 보면 결국 지치기 마련, 범진이 형이 잠깐 밖에서 바람 좀 쐬러 갔다 온다고 해서 연습은 일시 중단되었다. 원석이 형은 혼자 팀플방에 들어가서 연습을 계속하였고, 제열이 형은 뭘 사먹으려는지 자리에서 일어나 카운터 쪽으로 향했다. 나는 오랜만에 너무 많이 컴퓨터를 한 탓인지 눈이 따가워서 모니터를 끄고 휴식을 취했다.

–

팀플레이 대회가 열리는 당일 아침이 밝았다. 우리 일행은 약속 시간에 맞춰 정확히 모였고, 대회장으로 가기 전에 근처 식당에서 우동 한 그릇을 먹으며 서로 얘기를 나누었는데, 대회 때 사용해야 할 팀 이름을 정하는 것에 대해 이야기가 집중되었다. 이때 원석이 형이 제안했다.

"이번에는 섀도스페셜 팀이 어떨까?"

이 4:4 팀플레이 대회는 이번이 3회째 개최되는 것이라고 한다. 형들은 빠짐없이 대회에 참가하여 제열이 형의 네이밍 센스로 만든「귀여븐저글링 팀」이나, 범진이 형이 제안한「달빛 팀」등의 이름으로 지금까지 줄곧 참가해왔다고 한다. 내가 대회 일원으로 참가하기 이전에는 길드원 1명을 더 포함하여 참가했었다고 하는데, 그 사람이 누군지 물어볼까 생각했지만 금세 대화 주제가 바뀌어버려서 쿨하게 관뒀다. 그나저나 섀도스페셜 팀이라…. 섀도는 원석이 형 아이디인 Shadow를 그대로 가져와 쓴 것이겠지만 스페셜이란 단어는 왜 붙었는지 몹시 궁금했다.

"원석이 형, 스페셜이란 단어는 무슨 특별한 뜻이 있나요?"
"그냥 어떤 게임에 나오는 주인공이 쓰는 기술 이름에서 따온 거야. 섀도스페셜,
멋지지 않아?!"

… 서, 설마. 내가 생각한 그 RPG 게임이려나…. 뭐 하여튼 아무래도 좋다. 범진이
형과 제열이 형도 예전에 자기들이 생각한 팀명이 쓰인 적이 있기도 했기에 불
만은 전혀 없어 보이고, 섀도스페셜이란 단어에 거부하는 눈치조차도 없었다. 아
니, 이 형들은 팀명이 무엇이든 간에 어쨌든 우승만 하면 된다는 생각뿐인 것 같
다. 저번에 대회 안내문 용지에 적혀 있던 우승 상금이 장난 아닌 액수였던 걸로
기억하는데, 만약 우승하면 나도 나눠 받을 수 있으려나!? 별 생각 없이 형들을
따라서 참가한 것이긴 하지만, 막상 참가하게 되니까 나도 슬슬 돈 욕심이 나는
걸?

우리 일행은 팀플레이 대회가 주최되고 있는 장소인 PC방에 제시간에 맞춰서 왔
는데, 그곳은 참으로 난장판이었다. 대회 관계자와 대회 참가 인원이 플러스가
되니 너무 많아서 숨이 막힐 정도…. 분명 시장통도 이정도 수준은 아닐 거다. 다
들 4명씩 짝지어 몰려다니는 걸 보니 같은 팀원들인가 보다. 그런데 이 PC방은
공간이 엄청나게 넓다. 컴퓨터 숫자가 장난 아니게 많아…. 뒤쪽으로 좌아악 깔렸
네. 원석이 형이 나와 대회장을 둘러보면서 계속 내게 설명해줬다.

"이 대회가 많은 사람들의 주목을 받는 이유는 최강 팀플레이어들을 결정하는
곳이기 때문이기도 하지만, 가장 중요한 건 유명인사인 분들도 자주 와서 관전하
기 때문이지."
"그분들이 누구예요?"
"대표적으로 이승재가 있는데, 예전부터 연전연승을 보여준 프로게이머야. 현재
스타리그의 탑이라 불리는 존재이지."
"왠지 이름은 들어봤던 것 같기도 한데…. 스타리그의 탑이라면 우승 경험이 많
나 보죠?"
"2회 우승과 1회 준우승 경험이 있어. 최근에 열린 스타리그들을 2연속으로 우승
해버렸지. 정말 엄청난 업적이야."

슬슬 카운터에서 접수를 받기 시작하길래 줄을 서서 대기를 하려는데 앞줄이 정
말 길었기에 기다리는 데 지친 범진이 형과 제열이 형은 이미 어디로 놀러나간

지 오래다. 아까부터 원석이 형과 잡담을 나누고 있었는데 시간이 너무 안 가는 군. 이런 시간을 활용하여 대회 관계자들은 대회에 사용될 컴퓨터들이 혹시나 문 제가 있는지 점검해보고 있었다.

도대체 얼마나 기다렸는지 모르겠다…. 드디어 원석이 형이 신청서를 적어서 낼 차례가 온 것 같다. 원석이 형이 책상에 신청서를 대고 볼펜으로 적기 시작했 다. 첫 칸에다가는 이름을 적고 옆 칸에다가는 차례대로 Shadow, Maron, Soen, Yukhang를 적었다. 아이디를 적는 칸인 듯. 팀명을 적는 세 번째 칸에는 「섀도우 스페셜 팀」이라고 쓴 뒤 대회 관계자에게 제출했다.

"… 자, 잠깐만요!"
"네?"

이제 볼일도 다 봤으니 슬슬 옆으로 빠지려고 하는데, 신청서를 받은 대회 관계 자가 종이에 적힌 내용을 훑어보더니 놀라움을 금치 못하며 우릴 멈춰 세웠다. 대회 관계자는 원석이 형의 얼굴을 몇 초간 응시하더니 이내 말했다.

"당신이…. 설마 그 전설의…. Shadow란 아이디를 가진 프로토스 유저입니까?"

뭐지, 전설의…. Shadow? 어느샌가 주변 사람들의 시선이 순식간에 우리들에게 집중되었다. 사람들이 너나 할 것 없이 수군거리고 있는데, 그들이 하는 말에는 Shadow라는 단어가 계속해서 포함되었다. 원석이 형이 이렇게 스타크래프트 유 저들 입에 오르내릴 정도로 엄청난 사람이었나? 어제 형들과 함께 PC방에서 4:4 팀플레이 연습을 하던 도중에 공방 유저들과 오갔던 채팅 내용이 떠올랐다.

Soen : 엄청나게 유명하지, 우리 팀 중에 Yukhang 빼고 다 개인전 대회 우승 경험 이 있어

자기들이 개인전 대회 우승 경험이 있다고 했던 말…. 우승 경험을 했다는 게 거 짓말일 것이란 생각은 안 했지만, 그것이 엄청나게 대단하다곤 생각 안했다. 그 런데 전설이란 단어는 상식적으로 생각해봐도 함부로 쓰이는 용어가 아닌데….

"전설이란 말은 아직 부담스럽네요. 그럼 실례하겠습니다."

원석이 형은 마치 듣기 거북하다는 투로 대회 관계자에게 차갑게 굴고는 얼른 내

팔목을 붙잡고 빠른 걸음으로 황급히 자리를 피했다. 붙들려 가는 방향을 고려할 때 우선 사람들의 눈을 피하고자 PC방 바깥 복도로 나오려고 하는 것 같다.

"넌 이미 전설이다."

입구를 지나쳐 바깥으로 나가려던 그때, 한 남자의 목소리가 내 귓가에 울려 퍼졌다. 나는 즉각 반응하여 고개를 돌려 그쪽을 바라봤는데, 남자가 담배 하나를 꼬나 쥐고는 이쪽을 향하여 씨익 웃고 있었다. 내가 이 사람이 누군지 알 턱이 없다고 생각했지만, 어디선가 봤던 것 같기도 한 그런 얼굴을 가지고 있었다. 대놓고 반말을 하는 걸 보아하니 원석이 형의 지인인가? 하지만 원석이 형은 그 남자에게 시선을 두지 않고 가던 길을 재촉했다. 저 남자가 하는 말을 듣지 못한 것일까?

"원석이 형, 방금 들었죠? 바깥으로 나오던 중에 들렸던 목소리."

원석이 형은 PC방 바깥 복도로 나오더니 고개를 낮추며 한숨부터 푹 내쉬었는데, 나는 저 사람의 정체가 너무나도 궁금했던지라 눈치도 없이 물어보기 바빴다.

"원석이 형, 저 사람 누구예요? 아는 사람이에요?"
"이승재 프로게이머."
"... 정말이에요?!"

그래…. 어디선가 봤던 것 같더라. 이승재란 이름은 원석이 형한테서 처음 들어봤지만, 얼굴이 낯이 익은 걸 보니 TV 게임 채널에서 스타리그를 중계할 때 우연히 봤었나보다. 그나저나 전설의 Shadow라…. 내가 이런 대단한 사람을 스승으로 두고 있다는 게 신기할 따름이다. 원석이 형이 전설이란 단어에 과민반응을 하는 이유는 뭘까? 추켜세우는 말이니까 기분이 좋아야 하는 게 맞는 것 같은데….

신청서 접수를 모두 끝내고 대진표를 다 짰는지 PC방 안에서 대회 시작을 알리는 확성기 소리가 복도까지 크게 울려 퍼졌다. 4:4 팀플레이 대회 128강전이 드디어 막을 올린 것이다. 범진이 형과 제열이 형이 번화가 투어를 하다가 이런 적절한 타이밍에 대회장으로 컴백, 우리는 한데 뭉쳐 손을 모아 결의한 뒤 대회장 안으로 들어갔다. 대회 관계자가 지시한 자리에 일렬로 앉아서 각자 키보드와 마우스, 모니터의 상태를 점검한 이후에 UDP를 통해 섀도스페셜 팀과 이름 모를 팀의 선수들이 방 하나에 모두 모였다.

"너무 긴장할 것 없어. 우리가 알아서 할 테니까. 형들 믿지?"

내 옆자리에 앉아 있는 범진이 형이 웃음기 가득한 표정을 지으며 손을 떨고 있는 날 격려해주었다. 그래… 형들은 나한테 큰 기대는 하고 있지 않을 거야. 그저 최선만을 다하자. 게임은 시작되었고, 나는 원석이 형에게 배워왔던 대로 일꾼 나누기를 하고 파일런, 게이트를 차례대로 올렸다.

초반에는 각 팀의 저글링, 질럿, 마린이 중앙에서 치고받고 싸우며 난전을 펼쳐 댔는데, 결국은 우리가 중앙 주도권을 확보하였다. 제열이 형이 11시와 12시 적들을 자기 본진에 묶어두기 위해 앞마당 바깥쪽의 두 진영 간의 입구 사이에다가 벙커 2기를 건설한 것이다. 이에 못마땅해 하는 상대편 둘이서 협공으로 치고 나올 때마다 3기 이상의 SCV로 계속 벙커를 수리하였고, 알맞은 타이밍에 범진이 형의 발업 저글링이 백업을 와주었기에 계속 뚫리지 않았다.

원석이 형이 질럿 숫자를 유지하면서 테크트리를 올려 패스트 다크템플러 전략을 사용, 첫 다크템플러가 나오자마자 9시 프로토스 진영을 향해 달렸고, 그 지역에 디텍팅 수단이 없음을 확인하자마자 프로브들을 마구잡이로 학살하였다. 사실상 9시 프로토스는 마무리되었다.

Shadow : 9시 끝났어
Soen : 슬슬 앞마당 가져가, 원석아
Shadow : 이제 1시나 밀려 가자
Maron : 지금 스파이어 올려서 뮤탈 뽑고 있음, 기다려

1시 테란은 자신의 입구를 서플라이와 배럭으로 틀어막고 메카닉 전략을 구사 중이었으나 범진이 형의 뮤탈 병력이 들이닥치며 소수의 터렛과 시즈탱크들을 제거, 여기도 사실상 끝났다. 2명이 아웃되고 4:2 상황이 되자 상대 팀들은 GG를 선언했다.

결과는 섀도스페셜 팀의 압승, 이번에는 범진이 형이 직접 결과 보고를 하러 갔다. 아, 그러고 보니 제열이 형과 범진이 형은 대회를 진행하기 전에 또 하나의 내기를 걸었던 거로 기억한다. 이번에는 점수가 누가 높은지 내기하여 음료수를 걸었던 것 같은데, 게임 점수를 확인해보니 범진이 형이 이겼군. 500점 정도의 차이라니, 아슬아슬하네.

128강 예선전이 막을 내리게 됐고, 대다수의 사람이 천천히 빠져나가기 시작했다. 아무래도 내 생각에는 탈락자들이거나, 진출자들 가운데 점심식사를 하고 다시 돌아올 사람들인 것 같다. 그나저나 진짜 배고프다. 형들이 내게 헝그리 정신으로 게임을 하면 춘추전국시대 때 한신이 보여준 배수진의 전략과 다름이 없어 오히려 게임이 더 잘된다고 한다. 그래서 이번 점심은 먹지 않는데, 물론 나는 믿지 않았다. 배고파서 미치겠다.

—

"이 꼬마 녀석 때문에 되게 조마조마하면서 게임을 했는데 아직까진 그럭저럭 무난하네."

우리 일행은 PC방 바깥 복도에 나와 있었는데, 갑자기 제열이 형이 한숨을 내쉬면서 말했다. 마치 내가 걸리적거린다는 듯이 말하는군. 분명히 128강전에서는 내가 도움은커녕 공격 루트를 오히려 내가 막았으니까… 원석이 형은 이미 64강 대진표를 확인하러 갔다. 지금 돌아오고 있는 것 같군. 그런데 원석이 형의 표정이 영 좋지 않다. 무슨 일이라도 있었나?

"이거 원… 본선에서 만나야 할 상대를 만나버린 것 같다."

원석이 형의 설명에 따르면, 이번 64강전에서 맞붙게 된 상대 팀은 음료수스타즈란 이름을 가진 팀으로, 작년에 개최된 제2회 팀플레이 대회에서 우승을 차지했던 팀이라고 한다. 작년에는 「달빛 팀」이란 이름으로 참가했던 원석이 형 일행도 도중에 음료수스타즈 팀을 만나 결국 패배했다는 것이다.

음료수스타즈 팀은 고등학교 멤버들로 구성된 팀인데, 보통 팀으로 볼 수가 없는 것이 멤버들 전원이 프로게이머를 지망하고 있다는 점이다. 종족 분포도는 2 테란, 1 저그, 1 프로토스인데 우선 저그를 담당하고 있는 사람은 이준형이다. Cucdas란 아이디를 쓰고 있는 이 자는 작전 명령을 내리는 오더의 역할을 하는 사실상 음료수스타즈 팀의 리더이다. 팀을 결성한 사람도 이 사람이고, 체계적으로 연습 스케줄도 짜서 같이 연습했다고도 한다.

그다음으로 프로토스를 담당하고 있는 사람은 박재영이다. 아이디는 Neon. 팀 내에서 개인전 실력만큼은 이 사람이 가장 뛰어나다고 한다. 그리고 음료수스타즈 팀의 주도권을 담당하고 있는 가장 주요 요소는 바로 2 테란이라는데, 바로 Stila라는 아이디를 쓰는 박영민과 Berserk이라는 아이디를 쓰는 김지영이다. 그 중 김지영이란 자는 스타크래프트 커뮤니티 사이트를 운영하는 것으로 알려져 있다. 원석이 형의 걱정을 덜어주려는 의도인지는 몰라도, 제열이 형과 범진이 형은 아까부터 농담 따먹기를 하며 시끌벅적했다.

"최원석, 걱정하지 마. 아까 게임부터 범진이가 드디어 컨트롤을 약간씩 하기 시작했으니까 음료수스타즈 팀도 문제없어."
"인제열 개자식, 솔직히 컨트롤도 안 하는 스타크래프트 유저가 어딨냐!?"

우선 내가 우리 네 명 중에서는 가장 못하니, 좀 잘해보도록 노력해야겠는걸. 곧 64강전이 시작되려는 것 같다. 우리는 대회 관계자가 지시한 대로 정해진 위치에 앉았다. 형들은 키보드의 상태와 마우스의 감도 등을 체크해보는 것 같다. 그리고 상대편은 우리의 반대편 위치에 앉았다. 그런데 아까부터 대회 관계자가 주변에서 큰소리로 외치고 있었다.

"우선 대회 진행자들이 모두 방에 들어와 있는지 각자 확인해주시고, 신호를 내리면 그때 게임을 진행해주십시오"

앞서 128강전에서 들은 내용뿐이었다. 그런데 대회 관계자의 시끄러운 소리 때문에 긴장이 풀리질 않는다. 64강전에서는 잘하는 팀하고 만나서 그런지 아까보다도 더더욱 긴장된다. 결국 게임은 시작되었고, 맵은 헌터이다. 나는 이번엔 6시 진영이 걸린 것 같다. 우선 프로브 1기를 예약하고 프로브 4기를 모두 미네랄로 옮긴 뒤에 우리 편의 위치를 확인하였다. 원석이 형은 우선 프로토스로 7시, 바로 내 옆이다. 범진이 형은 11시 저그인 것 같고, 제열이 형은 12시 테란인가. 잠깐, 이 위치는 분명 우리 편에게 이로운 것 같군. 각자 서로 앞마당 바깥에 입구가 붙어 있어서 서로 도와가면서 할 수 있고, 적어도 혼자서 각개격파 당할 리가 없는 위치였다.

우선 나는 파일런을 지은 뒤 그 프로브를 바로 5시로 보냈다. 그런데 5시 방향 쪽에서 상대방 오버로드가 내 진영으로 날아왔는데, 그렇다면 5시는 음료수스타즈 팀의 오더 이준형이로군. 그래서 나는 정찰 프로브를 5시로 보낼 필요도 없이 바로 3시로 급선회하였다. 인구수 10/17에 게이트를 건설하고 난 뒤 바로 채팅창에 메시지를 보냈다. 물론 팀에게만 전달되는 팀챗을 한 상태였다.

Yukhang : 5 Z
Maron : 9 T

9시는 음료수스타즈 팀의 테란 유저 박영민이 자리 잡았다. 그러고 보니 11시에 위치한 범진이 형은 바로 옆 진영이라고 볼 수 있는 12시 자리에는 이미 같은 편인 제열이 형의 진영이 있었기 때문에 오버로드를 9시로 보낸 것 같다. 저그는 오버로드가 정찰해주기 때문에 드론을 보내지 않아도 돼서 뭔가 편리해 보이기도 하는군. 오버로드가 느리긴 하지만 미리 보내면 알맞은 타이밍에 1명 정도는 정찰할 수 있으니.

Soen : 1 P

프로토스 유저 박재영은 1시인 듯하다. 원석이 형은 가장 구석 자리인 7시에 위치한데다, 옆자리인 9시 진영은 범진이 형이 오버로드로 정찰을 할 테니, 정찰은 우리에게 맡기고 프로브들로 자원을 캐는 데에 주력하는 것 같다. 제열이 형이 1시가 프로토스인 걸 확인했으니 3시는 아마도 테란 김지영인 것 같군.

Yukhang : 3 T
Shadow : 슬슬 중앙으로 모이자

내가 질럿 1기를 추가하고 있을 때 원석이 형이 지시를 내렸다. 범진이 형의 더블 해처리 늦은 저글링 8기가 제열이 형의 마린 3기와 합류하여 중앙 쪽으로 모였다. 이어 또다시 메시지가 날아왔다.

Shadow : 9시 총공격 가자
Soen : 9시는 테란인데?
Maron : 음, 우선 뒤따라가겠음
Soen : 흐으, 솔직히 좀 그렇지 않나?

질럿과 저글링, 마린들은 9시로 행군을 시작했고 내 질럿들도 뒤이어 따라갔다.

근데 9시 테란은 이미 눈치 채고 있었던 것 같다. 가보니 이미 벙커 1기가 지어져 있었고 입구를 서플라이와 배럭으로 막아놓아 버렸다. 뚫는 걸 시도하기엔 확실히 무리수로 보였다. 우리 병력들이 다시 중앙으로 되돌아왔을 때는 적들의 병력도 진출해있었다. 그런데 다행이로군. 적들의 병력 조합은 저글링과 질럿들 뿐, 제대로 교전이 일어나기도 전에 상대편은 서로 내빼기 바빴다. 지금까지는 상황이 괜찮은데?

Maron : 헬프

이때, 갑작스럽게 날아온 범진이 형의 도움 요청 신호로 나는 11시 저그 진영을 주시했다. 3시 김지영의 생마린 병력들이 범진이 형의 11시 진영을 기습하여 에그에서 튀어나온 후속 저글링들이 마린 컨트롤에 의해 진압되는 상황을 맞이했고, 제열이 형이 자기 본진을 지키고 있었던 마린 5기로 범진이 형을 지원하려고 했지만, 중앙 교전에서 뒤로 빠졌던 상대편 1시 박재영의 질럿 3기가 12시에 있는 제열이 형의 입구 바깥에서 계속 압박을 해오고 있었기 때문에 전혀 지원할 수 없었다.

이에 중앙에 있던 우리 팀 병력들이 모조리 지원을 가서 상황은 정리되었으나 범진이 형의 드론 숫자가 5기밖에 안 남은 게 정말 압박이었다. 범진이 형은 저글링 대신 드론을 충원하는 수밖에 없었고, 상대 팀은 그 약한 타이밍을 절대 놓치지 않았다. 중앙을 상대 팀에게 내준 상태에서 질럿과 2컬러 바이오닉 병력들이 그대로 밀고 들어오는데, 이걸 진짜 어떤 수단으로 막아야 하나 싶을 정도로 자비가 없었다.

12시 앞마당 입구 방어선이 뚫리자 범진이 형과 제열이 형의 본진이 동시에 공격을 받기 시작했다. 제열이 형은 커맨드센터 주변에 건설한 벙커 수비를 통해 어찌어찌 버티는 것 같았으나 범진이 형은 그렇질 못했고, 결국 모든 건물이 파괴되는 수모를 겪었다.

Maron has left the game.

범진이 형은 게임에서 나간 뒤에 자리에서 일어서서 제열이 형의 플레이 상황을 보면서 그에게 여러 가지 조언을 하는 것 같다. 범진이 형이 탈락한 이후로 우리 팀은 너무 수세에 몰렸다. 제열이 형이 계속해서 공격을 당하고 있는데, 원석이 형과 내가 지원을 가려고 해도 중앙에서 버티고 서있는 상대 팀 병력 때문에 지원이 더뎠다.

Soen : 지원 오지 마
Yukhang : 네?
Soen : 지원 오면 병력 손해만 볼 뿐이야
Soen : 내가 계속 버텨볼 테니까 그동안 다른 녀석을 쳐
Shadow : OK

제열이 형이 상대편의 3칼라 러쉬에도 아랑곳하지 않고 SCV의 벙커 리페어 신 공을 활용하여 버텨내는 게 정말 기가 막혔다. 훌륭한 심시티도 플러스 요소로 작용하고 있었다. 내가 드래군을 뽑으며 힘 싸움 위주의 병력 구성을 하는 가운 데, 원석이 형은 빠른 템플러 아카이브 테크트리를 올려 다크템플러 2기로 우선 중앙에 있는 병력들을 천천히 줄여나갔고, 그 이후에는 9시 앞마당에서 커맨드 센터를 짓고 있었던 박영민의 SCV를 제거했다. 상대 테란들에게 스캔을 계속 쓰 게 압박한 뒤에는 그 자리를 무사히 빠져나가는 Hit and Run 전략을 사용하면서 최대한 견제를 해주었다.

Shadow : 최승태, 우선 앞마당부터 먹어

원석이 형의 지시에 따라 나는 우선 6시 앞마당에 넥서스를 워프하였다. 질럿과 드래군은 미리 6시 진영과 7시 진영이 서로 만나는 앞마당 바깥의 방어 지점에 병력을 집결시켜서 상대방과 신경전을 계속 벌였다.

–

원석이 형의 다크템플러 1기가 1시 앞마당 쪽을 순회하던 때에 스캔 포위망에 걸 려들어 다크템플러를 잃어버렸다. 곧이어 중앙 쪽에서도 하나 더 잡혔다. 이제 남은 다크템플러는 2기, 다크템플러를 잃어버리니 견제 수단이 더더욱 줄어들었 다. 지금 원석이 형은 템플러 아카이브 테크트리를 통한 게릴라를 주로 하고 있 기 때문에, 지금 정면 힘 싸움을 담당하면서 원석이 형을 지키고 있는 건 나인데, 그래서 그런지 함부로 공격도 못 가겠다. 내 앞마당 넥서스가 완성되었고 곧바로 본진에 있던 프로브 절반을 보내 활성화시켰다.

그런데 우리 팀에게 또다시 위기가 찾아왔다. 계속해서 잘 버티고 있던 제열이 형의 본진 앞에 상대 팀의 시즈탱크가 당당히 모습을 드러냈다. 벙커가 탱크에 의해 집중적으로 포격이 되기 시작했다. 바이오닉 병력에 벙커까지 지어가면서 버티는데 자원을 많이 투자했기 때문에 공격만 하는 상대 테란들보다 테크트리에서 늦어지는 건 어떻게 보면 당연했다.

Soen : 하아 이제 끝이네
Shadow : 조금만 더 버텨, 여러 곳에 작업 중이니까
Soen : 원석아 9시 좀 더 괴롭혀 봐, 다른 녀석들보다 컨디션 안 좋아 보이니까

나는 앞마당 바깥 방어선을 좀 더 견고히 하기 위해 캐논들을 일렬로 소환시키면서 적의 공습에 대비하고 있는데, 드디어 내 앞에도 시즈탱크가 당도했다. 마린, 메딕 병력들이 호위하는 가운데 시즈탱크가 내 캐논들을 포격하기 시작하였고, 캐논은 하나씩 터져 나갔다. 지금 내가 보유하고 있는 질럿 드래군으로 그 시즈탱크를 제거하려 하다간 모조리 전멸당할 것 같았다.

그때, 어디선가 스톰이 날아와 시즈탱크에 작렬하여 하나씩 터지기 시작했다. 원석이 형이 내 캐논들 사이사이에 템플러들을 미리 배치시킨 뒤, 사이오닉 스톰으로 탱크만 계속 잡아주는 것이었다. 덤으로 곁에 있던 바이오닉 병력들까지 대거 몰살당했다. 상대팀 병력들은 일시 후퇴하였다.

이런 수비플레이를 선보이면서도 이미 원석이 형은 자신의 앞마당으로부터 얻는 자원을 통해 또 다른 테크트리의 유닛을 준비하고 있었다. 코어에서는 공중 업그레이드를 눌렀는지 힘차게 돌아가고 있었으며 대기하고 있던 스타게이트 2기도 천천히 가동되기 시작했다. 플릿 비콘이 있는 걸 보니 생산 중인 유닛은 캐리어인 것 같다.

9시 박영민의 앞마당은 원석이 형의 셔틀이 드랍한 하이템플러들의 스톰으로 SCV들이 대박이 났고, 본진에는 다크템플러 1기가 서플라이를 집중적으로 파괴하면서 최대한 교란시켰다. 5시 이준형은 원석이 형의 다크템플러 견제를 무효화시키기 위해 오버로드 속업을 개발하였고, 오버로드가 자신의 동료들에게 일일이 전달되니 더는 다크템플러로 재미를 보기가 어려워졌다.

Soen has left the game.

아…. 제열이 형도 열심히 막다가 결국 끝났구나. 2:4 상황이 되어버리다니…. 9시 테란 본진에서는 원석이 형의 캐리어 4기와 더불어 셔틀로 드랍한 하이템플러 3 기 정도와 골리앗 다수와의 대결이 펼쳐졌다. 골리앗이 캐리어에게 제대로 덤비려고 하면 스톰이 날아와 진형을 짜기 어렵게 만들었다. 골리앗이 모두 잡히자 캐리어는 박영민에게 치명타를 줄 수 있는 아머리를 파괴하고 있는데, 그 순간이었다.

5시 이준형의 대량의 스커지들이 캐리어들을 목표로 쏜살같이 몰려왔다. 캐리어의 인터셉터는 하나의 유닛에게 집중적으로 공격을 퍼붓는 방식이기 때문에 대량의 스커지들을 순식간에 잡을 수 있을 리 없었다. 난 원석이 형이 이대로 끝장나나 싶었는데, 그때였다. 순간적으로 스커지들의 움직임을 포착한 원석이 형의 하이템플러가 스톰을 캐리어 앞쪽에 날렸다. 커세어도 없었기에 100% 확률로 캐리어를 전멸시킬 수 있겠다 생각했던 이준형의 판단은 어긋났다. 스톰 하나에 말려든 스커지들은 순식간에 괴멸당했다. 9시 박재영의 앞마당과 본진 커맨드센터는 캐리어들의 일점사로 모두 파괴, 나머지 건물들도 차례대로 정리 당했다.

Stila has left the game.

어떻게든 2:3 상황까지 만들었구나…. 원석이 형의 캐리어 부대와 하이템플러들을 태운 셔틀이 7시 본진으로 귀환하고 있는데, 그때였다. 갑자기 셔틀이 공중 폭파되고 캐리어들의 체력이 점점 줄어들고 있었다. 뭔가 꿈틀거리는 게 캐리어 주위에서 미사일을 계속해서 날리고 있는데, 설마 3시 김지영의 클록킹 레이스인가? 원석이 형은 로보틱스에서 옵저버터리도 올리지 않고 그저 셔틀을 생산하는데에만 자원을 썼기 때문에 옵저버를 제대로 갖췄을 리가 없었다. 7시 본진의 캐논에 의지하게 되었을 때는 이미 캐리어 2기가 격추된 뒤였다.

음료수스타즈 팀이 계속 당하기만 하다가 드디어 칼을 빼든 듯싶다. 내 입구 캐논 앞에는 이준형의 저글링 다수와 김지영의 바이오닉 시즈탱크 부대들, 박재영의 질럿 드래군 병력들이 위풍당당하게 진군해오고 있었다. 캐논 라인이 파괴되자 내 질럿 드래군들은 처참하게 녹아버렸고, 원석이 형의 캐리어들은 이미 체력이 많이 빠진 상황이라 수비에 도움을 주지 못하였다.

내 앞마당이 순식간에 박살났고, 내 본진에도 무수한 병력이 들이닥쳤다. 내가 정성들여 만든 건물들이 계속해서 도미노처럼 부숴져 나가고 있었다. 당하는 것은 원석이 형도 마찬가지…. 막을 병력조차도 없었고 역전을 위한 시간은 전혀 주어지지 않았다. 이쯤에서 GG를 쳐도 전혀 이상할 게 없었다. 이미 대세는 기울었다. 솔직히 이쯤에서 그만했으면 하는데…. 지금의 나는 단지 그런 마음뿐이었다.

지금 이 상황에서 원석이 형은 뭘 하고 있을까? 왜 GG를 치자고 하지 않는 걸까? 나는 호기심에 이끌려 옆을 돌아보았다. 원석이 형은 아직까지도 손을 놓지 않았다. 마지막 남은 캐리어 2기가 자신의 본진 캐논에 의지하여 박재영의 드래군들을 하나씩 잡아내고 있었다. 이 행위로 역전이 된다고 생각하고 있는 건가? 아니면 대회에 미련이 남아서? 포기하고 싶지 않아서…? 이를 뒤에서 지켜보는 범진이 형과 제열이 형도 최후까지 맞서 싸우고 있는 원석이 형에게 계속해서 놓치고 있는 부분을 지적하는 이 모습이 뭐랄까…. 마치 영화의 한 장면처럼 느껴졌다.

Shadow : GG
Yukhang : GG
Cucdas : GG
Neon : 수고요
Berserk : 수고

"힘들다, 힘들어. 역시 지난 팀플레이 대회 우승팀인가?"

원석이 형이 GG를 치고 자리에서 일어나면서 하는 말이었는데, 애써 태연한 척하면서 이렇게 말해주는 게 한편으론 고맙기도 하고, 다른 한편으론 미안하기도 했다. 어쨌든 팀플레이 대회에서 탈락했기에 더 이상 이 PC방에 남아있을 이유는 없었다. 우리 일행은 건물 바깥으로 나와 근처 포장마차에 들러 가볍게 허기를 채웠고, 나는 형들과 가는 방향이 달라 슬슬 이쯤에서 작별 인사를 하기로 했다.

"형들하고 같이 대회에 참가하게 되어서 정말 영광이었어요. 그럼 다음에 또 봐요!"

4:4 팀플레이 대회를 치르고 나니 마음이 한결 후련해진 기분이다. 재미도 있었던 것 같다. 다음에도 형들과 같이 나갈 기회가 있을까? 만약 그 기회가 다시 찾아온다면 그때에는 지금보다 큰 보탬이 되고 싶다.

"… 최원석."

"응?"

"그 꼬마 녀석… 도대체 왜 쓴 거냐…?"

고등학생 3인방이 골목길을 처량하게 걸어가던 도중, 인제열이 불만이 가득한 목소리로 의문을 제기했다. 이에 최원석은 역으로 물었다.

"내가 무슨 생각으로 최승태를 대회 멤버로 집어넣었을 거라고 생각해?"

"아무리 생각해도 이해가 안 되니까 묻는 거잖아. 최원석, 나 솔직히 지금 화가 많이 났는데, 대화 상대가 너라서 최대한 언성을 높이지 않고 있는 거야. 알고는 있어?"

"……"

인제열은 그동안 쌓인 게 많았는지 하던 말을 계속 이어나갔다.

"아, 진짜 이런 더러운 기분을 그 꼬마 녀석한테 안 드러내려고 엄청나게 노력했단 말이야. 우리가 단체로 공격 들어가는데 혼자서 길을 막고 있질 않나, 초중반부터 공격 갈 생각 전혀 없이 캐논 짓고 수비만 해대질 않나…."

"……"

"우린 고3이잖아… 잊었어? 이제 우린 스타크래프트 하고 싶어도 못해! 자유시간이 전혀 없다고!"

"… 제열아, 내가 그런 걸 모르고 있었겠냐?"

"……"

"최승태가 나중에 너보다 강해졌을 때, 나중에 너처럼 이런 식으로 널 깐다면…. 까이는 입장에서 참 기분 좋겠다. 그치?"

"그 녀석이 나보다 강해지겠냐? 말 같지도 않은 소릴 해라."

"최승태를 대회 멤버로 집어넣은 이유…. 지금 내가 너한테 말해봤자 너는 납득이 안 될 거라고 봐. 그러니 물음에 답변은 하지 않을게. 하지만 이건 알아둬. 강자가 약자를 깔보고 욕하고 짓누르는 행동이 가장 비열한 짓이라는 걸."

기말고사 시험 D-Day 30, 중간고사는 그럭저럭 봤으니 기말고사도 문제없으리라 생각하며…. 오늘도 PC방을 간다. 주변 사람들이 미친 녀석이라고 놀려도 맞는 말이니 괜히 화낼 이유는 없지. 4:4 팀플레이 대회 때 음료수스타즈 팀에게 섀도스페셜 팀이 무참히 패한 뒤, 원석이 형 일행은 주말마다 도서관에서 온종일 공부만 하는 신세가 되니, 덕분에 나는 자연스레 외톨이가 되어버렸고, 다른 스타크래프트 인맥이 더 필요하다고 체감할 정도로 외로움을 느끼곤 했다.

… 음, PC방 카운터에 이르러 돈을 꺼내려 했으나 주머니에서 도대체 나오려 하지 않는다. 벌써 다 썼나…. 그러고 보니 용돈도 어제가 끝이었군. 공부나 하라는 신의 계시라면 상관은 없지만. 그럼 이번엔 다른 사람들이 플레이하는 걸 구경해볼까. 관전도 자신과 비교해가면서 단점을 고쳐나갈 수 있다는 미남 원석이 형의 조언을 따라, 나는 계속 PC방 안을 돌아다니면서 스타크래프트를 하는 사람들을 찾으려 했다.

스타크래프트가 초창기에 PC방 열풍을 일으킨 적이 있지만, 한때 분위기가 식었다가 프로게이머 붐으로 다시 스타크래프트 열풍이 되살아나게 되었다고 한다. 그러고 보니 예전에는 자원이 무한인 무한맵만 하던 때였으니, 캐리어나 배틀쿠르저, 가디언, 디바우러 같은 고급 유닛 싸움만 하다 보니 대부분의 스타크래프트 유저들이 게임에 대해 흥미를 잃고, 다른 온라인 게임들을 즐기는 경우가 많았지.

드디어 스타크래프트를 하는 사람을 찾았다. 나보다는 더 어린 것 같긴 한데 중학교 교복을 입었다. 저 교복은…. 우리 중학교 교복이잖아!? 그렇다면 후배가 되는 셈인가? 생김새를 딱 봤을 때 동안의 이미지를 풍기고 있었다. Slayers란 아이디를 가진 이 자는, 주 종족을 테란으로 하는 것 같다. 대충 보아하니 실력은 그럭저럭 수준으로, 내 생각으로는 지금 나랑 붙어도 부족함이 없을 것 같았다. 배틀넷 채팅창에서 서로 오고 가는 대화들을 지켜볼 수 있었다.

Leader : 수고하셨습니다
Slayers : 아, 드랍쉽을 괜히 썼나…. 피해를 전혀 못 주고 끝났네요
Leader : 제가 멀티를 빠르게 가져가고 별 타격 안 받고 잘 지켜낸 게 컸어요

Leader : 그럼 이제 2차전 갑시다, 리/더

2차전이라 하면, 스코어를 따지면서 아까처럼 로스트템플 맵에서 1:1을 한다는 것 같은데, 아직은 더 지켜봐야 할 것 같군. Leader라는 아이디를 가진 상대도 테란을 주 종족으로 하고 있었기에, 지금 펼쳐지고 있는 대결은 이른바 테테전이다. 테테전하면 단연 메카닉 위주의 싸움이지. 테테전은 탱크와 골리앗, 레이스, 드랍쉽, 벌쳐 등의 유닛들이 현대전과 많이 흡사하게 서로 대치하면서 자원과 물량, 전략과 전술 등으로 승패를 가르는 종족전이다.

개인적으로 테테전은 장기전이 많이 나오기 때문에 관전하는 건 지겹긴 하지만 서로 정신력 싸움을 한다는 점에서, 이만큼 치열한 종족전은 없을 것 같다. 아니, Slayers 녀석…. 너무 무리하는 거 아닌가? 자신도 드랍쉽을 가지고 있는데 앞마당 언덕 위의 상대방 시즈탱크들을 상대로 언덕 아래쪽에서 시즈모드를 해서 맞싸움을 하다니…. 선제공격을 당함은 물론이고, 언덕 위쪽으로 포격하는 건 맞을 확률이 높지 않기 때문에, 아래쪽 시즈탱크들이 불리한 건 너무나도 당연하다. 드랍쉽으로 탱크들을 태워서 상대방 탱크 위에다 떨구는 게 훨씬 손해 보지도 않고 쉽게 막아낼 수 있을 텐데.

Slayers : GG
Leader : 후후

결국, Slayers의 시즈탱크들은 모두 잡히고, 앞마당 커맨드센터는 들렸다. 자원 격차가 심하게 벌어진 상황에서 그는 GG를 선언했다. 2차전이라는 명칭을 가진 게임에서도 진 그는 한숨을 쉬며 말했다.

"제길, 2패네."

최선을 다해서 게임을 하는데도 불구하고, 질 때 느끼는 그 마음은 나도 충분히 이해할 수 있다. 노력하는 것도 중요하지만, 스타크래프트란 게임은 결국 승자에게 미소를 짓는 법이니까. 어쨌든 그는 몸을 안정시키면서 흥분을 가라앉히려는 듯 했다.

Slayers : 천재 테란의 전지전능한 실력으로 3:2 스코어까지 만들어드리죠
Leader : 압박이군요, 그 용기 칭찬해드립니다
Leader : 어쨌든 리/더

저 오고 가는 대화들에 의하면, 상대방과 이 중학생은 5판 3선승제로 서로 밀리를 하고 있었던 것 같다. 그는 초조한 마음으로 다시 마우스를 잡았고, 자신의 주종족인 테란을 선택하려고 했다. 아마 이 녀석은 지고 싶지 않은 상대와 하는 것 같은데!? 돈도 없겠다. 이 녀석의 자리를 뺏어서 한번 내 실력을 발휘해볼 기회인가, 그에게 살짝 귀엣말로 말했다.

"내게 한번 마우스 넘겨줘볼래? 이겨줄 테니까 걱정은 하지 마."

그는 잠시 내 말에 흠칫하더니,

"형, 스타크래프트 잘해요?"
"응."
"흠…."

정말로 자리를 비켜주었다. 좋았어, 오랜만에 다시 마우스를 잡아보는군. 내가 약간 무섭게 생긴 편이기 때문에 힘에 밀려서 어쩔 수 없이 내준 것 같은 느낌이 들긴 하는데…. 미안한 느낌은 들지만 나도 오랜만에 스타크래프트 좀 해야겠어. 나는 마우스로 종족을 다시 바꿨다. 물론 나의 주 종족인 프로토스다.

Leader : 엥, 테란도 아니고 프로토스로?

상대방은 내 행동에 의아해하였지만, 그냥 그러려니 하고 게임 스타트 버튼을 눌렀다. 3차전, 나는 12시 진영이었고, 파일런 이후 바로 정찰을 통해 상대는 2시인 걸 발견했다. 초중반까지 내버려두면 귀찮아지니, 원석이 형이 하던 플레이를 이번 기회에 따라 해보기로 하였다. 2게이트 빌드오더를 택한 뒤, 상대가 입구를 막지 못하게 서플라이와 배럭 사이에 파일런을 하나 건설해 놨다. SCV들이 튀어나와서 파일런을 다 부수려고 할 때쯤에는 이미 내 질럿 1기가 입구를 통과한 뒤다. 나는 신나게 SCV들을 사냥했고, 배럭에서 뒤늦게 생산된 마린들도 맥을 쓰지 못하고 죽어나갔다.

Leader : GG
Slayers : GG

… 상대가 조금만 더 잘했더라면 내가 그냥 바보짓 하다가 졌을 수도 있었을 텐

데. 내 옆에서 지켜보던 그 중학생은 내 실력을 보면서 감탄을 하는 것 같다. 4:4 팀플레이 대회에서는 힘도 못 쓰던 내 실력이 PC방에서는 이렇게 멋있게 보일 수가 있었다니! 좋아, 스코어는 1:2로 돌려놨고, 4차전도 시작이다.

이번에는 상대가 너무 안정적으로 하는 것 같다. 앞마당을 먹고 나서부터 탱크가 너무 조심스럽게 전진하고 있다. 나는 질럿 드래군들을 함부로 낭비하지 않고 그냥 뒤로 천천히 빼기만 하면서, 시간을 벌다가 숨겨둔 몰래 캐리어 2기로 간단히 탱크들을 제거하면서 승리할 수 있었다.

Leader : Slayers님, 혹시 다른 사람에게 대리 게임 시키는 거예요?

… 이런, 계속하다가는 들킬지도 모르겠다. 나는 슬슬 본 주인에게 자리를 넘겼다. 이 자리의 주인이었던 그는 다시 자신감을 얻은 것인지, 스코어가 2:2 상황까지 와서 한 번만 이기면 문제없다는 생각에서인지, 아까보다는 정말 활기찬 모습으로 키보드를 두들기기 시작했다.

Slayers : Leader님이 프로토스에 좀 약하신가보군요
Slayers : 밸런스도 맞출 겸해서 다시 테란이나 하겠습니다
Leader : 압박이군요

5차전 시작, 그의 손놀림이 뭔가 달라졌다. 설마 긴장이 완전히 다 풀려버린 건가? 그러고 보니… 어떤 사람들은 중요한 게임 이전에 연습 게임을 여러 번 해둬야 손이 풀려서 게임 실력이 그때부터 100% 발휘된다고도 하는데, 이 녀석은 바로 그런 스타일인가? 1팩 1스타 2탱크 본진 드랍으로 SCV를 많이 잡으면서 주도권을 기울게 하여 5차전을 자신의 승리로 이끌었다. 나는 감탄사를 내뱉으며 옆에서 칭찬하며 그에게 말했다.

"이야, 잘한다. 스타크래프트 밀리에 대한 열정이 대단한데?"
"저하고 같은 교복 차림이신 걸 보니 같은 학교 소속이신 것 같군요."
"혹시 너 몇 학년이야?"
"저는 2학년입니다."
"아아, 그렇군. 나는 3학년이야. 이것도 인연인 것 같은데 가끔 만나면 같이 스타크래프트나 하자! 어때?"
"잘하시는 분이니 저도 한 수 배울만하겠군요. 좋습니다."
"근데 나도 사실 스타크래프트는 잘하는 편이 아니야. 스타크래프트 대회에 참

가하면 바로 기세가 수그러들어버리니까. 이제 기말고사 시험 기간 때문에 자주
는 못 만날 것 같긴 하지만…. 가끔 만나면 스타크래프트 이야기도 나누고 그러자
고."
"네, 상관없습니다."

대답이 꽤 시원시원하다. 이 녀석과는 말상대로도 잘 통할 것 같은 기분이 든다.
이름은 박준영이라 했겠다. 가끔 만나서 스타크래프트에 대한 이야기도 할 수 있
게 됐으니, 학교에서도 이제 심심하진 않겠군. 그나저나 이제 용돈이 없어서 PC
방에 들르기 어렵게 됐다. 나는 앞이 깜깜한 미래를 어떻게 헤쳐 나갈 것인가!

—

좋아, 이걸로 토요일 수업도 끝이다. 시험이 2주일 정도 남았으니 앞으로 공
부를 열심히 해야겠군! 이번에는 한번 근처에 있는 도서관에 가서 공부나 해볼
까? 그곳에 가면 아마 원석이 형과 범진이 형, 제열이 형이 있을 테고, 공부하다
가 잠깐 쉬게 되더라도 말동무가 있으니 심심하지는 않을 것이다. 나는 종례를
마치자마자 바로 교실을 나서서 복도를 걸어가고 있었는데, 문득 뒤에서 인기척
이 느껴졌다. 아, 누군가 했더니…. 전에 PC방에서 만났던 2학년의 박준영인 것
같군. 전에 학교에서도 간간이 만나서 얘기를 나누곤 했다.

그러고 보니 이 녀석도 공부를 해야 할 시기인 것 같은데, 도서관이나 같이 가자
고 제안을 해보고 싶긴 하지만…. 사실 뒤늦게 알았지만, 박준영은 해커였었다.
시험기간 때마다 항상 학교 컴퓨터에 침입하여 데이터를 빼내 정답을 모조리 외
웠기에, 공부를 안 해도 항상 전교 등수를 유지한다는 것이었다. 계속 이런 식으
로 해도 특별히 말리진 않겠지만, 이 녀석의 앞으로의 미래가 걱정되긴 하는군.
조금이나마 충고라도 해주면 공부를 제대로 할 생각이 있는지 모르겠네. 어떤
생각을 하고 있는지 알고 싶기도 하고. 우리는 우연히 하굣길에 여러 의미 있는
이야기를 나누게 되었다.

"준영아, 지금은 편하겠지만 계속 이렇게 공부를 하지 않는다면 사회에 진출할
때 주위 사람들에게 무능력한 존재로 보이게 되니까, 지금부터라도 시작해보는

게 어때?"

"말씀하신 의도는 정확히 파악하고 있습니다만, 솔직히 별로 필요성을 못 느끼겠습니다."

"… 왜 그렇게 생각해?"

"애초에 가진 돈이 많기 때문입니다. 선배는 잘 이해하고 계실는지 모르겠습니다만, 사람이 공부를 하는 이유는 성인이 되었을 때 좋은 직업을 얻기 위해서입니다. 그리고 그 좋은 직업을 얻으려는 이유는 편하게 일하면서 더 많은 돈을 얻기 위해서입니다. 결국 공부는 돈 때문에 하는 것입니다. 하지만 자신에게 이미 직업도 있고 돈도 많다면 그렇게 공부를 할 필요가 없다는 것입니다. 지금 이 자리에서 고백하겠습니다. 전 사실 부자입니다."

… 정말 부럽다. 조언을 통해 도움을 주려다가 큰 염장질을 당해버려서 순식간에 할 말을 잃어버렸다.

"하지만 스타크래프트 프로게이머만큼은 되어보고 싶습니다. 사실 예전부터 게임을 통해 유명세를 타는 것이 꿈이었습니다. 프로게이머가 가장 멋있어 보이는 직업이라고 생각합니다."

"그러면 정말로 열심히 해야겠네. 프로게이머도 누구나 될 수 있는 만만한 직업이 아니니까."

"물론 각오는 하고 있습니다. 그나저나 1달 뒤에 이 근처 PC방에서 스타크래프트 개인전 대회가 열린다고 하는데, 선배도 이 대회에 참가하실 겁니까? 만약 참가하게 되면 저하고 같이 결승에서 한번 만나보는 게 어떻습니까!?

"그거 좋지. 그때까지 너도 실력 좀 기르도록 해."

도서관은 이 학교에서 그리 멀지는 않다. 다만 오늘 날씨가 너무 더운 편이었기 때문에, 무거운 가방을 멘 채 쨍쨍한 여름날에 걸어가는 것은 나에게는 고통이나 다름이 없었다. 그나저나 1달 뒤에 스타크래프트 대회가 또 열린다니, 사실 나는 모르고 있었다. 기말고사 시험만 끝나면 그 다음부터는 방학이니 연습할 시간도 많겠다. 그때는 연습이나 해볼까! 대회가 열리기 전에 빨리 원석이 형에게 조언을 많이 캐내야겠군.

예상대로 도서관 열람실 안은 에어컨의 지원으로 인해 나름대로 시원했다. 이 정도의 환경이라면 공부가 잘될 것 같긴 한데, 내 적응력에 따라 달라지겠군. 역시나 학생 신분을 가진 사람들이 열람실에 있는 자리라고는 거의 다 차지하고 있었다. 우선 빈자리에 가방을 놔둔 뒤 형들이 어디에 위치하고 있는지 확인해봤는데, 제일 구석진 자리에 범진이 형과 제열이 형이 나란히 앉아서 각자 공부하는 게 보였고, 원석이 형은 아무리 찾아봐도 없었다. 과연 어디에 있을까…. 열람실을 나가서 이곳저곳 돌아다녀봤다. 매점에도 가보고, 화장실에도 가보고, 가볼 수 있는 장소는 거의 다 가본 것 같은데, 도무지 찾을 수가 없었다.

"음?"

그냥 열람실 가서 공부나 하고 있어야겠다는 생각으로 복도를 걸어 열람실을 향해 가고 있었는데, 걸어가던 도중에 정말 아무 생각 없이 창문 바깥을 보다가 순간 멈칫했다. 드디어 찾았구나 싶었다. 도서관 건물 바깥으로 나가니, 정면에는 잔디밭 한가운데에 나무 쉼터가 하나 있었다. 원석이 형이 나무 의자에 앉아서 고개 숙여 핸드폰질하고 있길래 그 반대편 자리에 떡하니 앉았다. 원석이 형은 그제야 인기척을 느꼈는지 하던 일을 중단했다.

"오, 최승태. 여긴 웬일이야?"
"그야 저도 이제 기말고사가 며칠 안 남기도 해서…. 열심히 해보려고 왔죠."
"그렇군. 어때, 시험공부는 잘 돼가고 있어?"
"네, 아까 열람실에 가봤더니 범진이 형하고 제열이 형도 열심히 공부 중이던데요? 보기 좋더군요."

형들도 이렇게 열심히 하고 있는데, 나도 열심히 하지 않으면 안 되겠는걸? 이라고 생각하면서도 쉼터에서 원석이 형과 1시간가량 계속 잡담하면서 놀았다. 아, 그러고 보니 오늘 박준영과 대화하면서 알게 된 소식이 하나 있었지. 스타크래프트 개인전 대회…. 원석이 형에게 물어볼 게 생겼다.

"그나저나, 원석이 형은 1달 뒤에 이 지역에서 스타크래프트 개인전 대회가 열린다는 사실 알고 계셨나요?"
"아아, 물론이지. 사실 우리 길드원들의 팀플레이 실력은 수준급이라고 보기는 어렵지만, 개인전만큼은 프로게이머들에게 뒤지지 않을 정도의 플레이를 보여줄 자신이 있다. 최승태, 너도 기말고사 시험 끝나면 좀 더 열심히 연습하는 게 좋을 것 같은데…. 지금 실력으로는 높은 성적을 거두는 게 쉽지 않거든. 최소한 강성진 정도는 되어야 우승을 노려볼만 하지. 그 녀석도 대회에 참가하겠다고 난리야, 아주."
"강성진…? 강성진이란 분은 누구에요?"
"아, 내가 소개해준 적이 한 번도 없었나?"

"전 처음 들어봐요. 누군데요?"
"나의 또 다른 제자라 할 수 있지."

음…? 지금껏 원석이 형에게 배우는 사람은 나뿐인 줄로만 알았는데… 알고 보니 이 강성진이라는 사람은 2년 전부터 원석이 형에게 프로토스를 배워왔다고 한다. 그러니까 굳이 말하자면 내 선배인 셈이다. 배우기 시작한 시점부터 자신의 길드로 들어왔다고 하는데, 여러 대회에 입상한 경험도 있고 준프로게이머라는 타이틀까지 가지고 있다고 한다. 많이 의외인 사실이긴 한데, 원석이 형은 준프로게이머가 아니라고 한다. 준프로게이머가 되고 싶지가 않아서라는데, 왜 그런 생각을 하는 거지?

"들어보니 정말 대단하신 분인가 보네요. 저도 똑같이 원석이 형에게 배우는 거니까, 그분처럼 실력이 일취월장하겠죠!?"
"최승태, 강성진은 아직 중학교 2학년이라고. 너보다 한 살 아래야. 그러니까 그렇게까지 말을 높여서 부를 필요는 없어."
"어린 나이에 그 정도의 실력을 갖추는 게 가능한 건가요? 대회를 휩쓸 정도의 실력이라니."
"뭐, 따지고 보면 나의 엄청난 지도력 덕분이긴 하지. 하하하."

… 결국, 또 다른 제자를 소개한 건 자신의 능력을 과시하기 위해서였던가? 내가 한 방 먹었군. 나보다 나이가 낮은 사람들 중에서도 그렇게까지 실력이 높은 자들이 있다니… 조금은 충격적이다. 잘 생각해보면 원석이 형을 비롯한 내 지인들이 개인전 대회에서는 내 경쟁 상대가 되는 거잖아…? 결코 아군이 아니라는 뜻이다. 형들을 상대하는 것도 벅찬데 강성진이란 존재까지 가세한다면, 아무리 내가 발버둥 쳐도 우승할 가능성은 없는 거나 다름없다.

얘기를 하면 원석이 형이 꼬리를 물고, 그렇게 되면 또 내가 토를 달아버리니 대화가 도저히 중단될 기미가 보이지 않았다. 이제는 공부를 하는 게 좋지 않을까 싶은 마음이 새록새록 들었지만, 행동으로 옮겨지지도 않았다. 그리고 내가 보기에 원석이 형은 단순히 시험공부 하러 이 장소에 온 것 같진 않았다. 지금도 이렇게 나한테 프로토스의 철학에 대해 알려주고 있으니 말이다. 그런데 정말 웃긴 건 게임에도 철학이란 게 존재하고 있구나 하면서 끝까지 들어주는 나 자신이었다. 결국 밤 10시까지 이 얘기만 듣다가 책에는 한 권도 손대지 못하고 집으로 귀가했다.
아아, 도서관에서만큼은 원석이 형을 피했어야 했어…. 아무리 공부에 뜻이 없는 나이지만, 공부를 해야 할 순간에 하지 않으면 부모님에게 미안한 마음이 들어서 죄책감이 심하게 든다. 이런 내가 분명 집에 들어가면 부모님한테는 자랑스럽게 공부 열심히 하고 왔다고 거짓말할 게 선하다. 다음부터는 그러지 말아야지, 다음부터는 그러지 말아야지….

프로토스와 저그

흐흐, 드디어 기말고사 시험이 끝나고야 말았다. 드디어 스타크래프트를 다시 연습할 수 있게 되었군. 형들은 아마 1주일 전에 시험이 다 끝난 것으로 알고 있는데, 그렇다면 재회나 할 겸해서 PC방으로 가볼까. 스타크래프트를 접한 지도 벌써 2개월째, 나는 그동안 많은 사람을 만난 것 같다. 단지 이 게임을 통해서 여러 사람을 만났다는 게 인연이라 느껴지기도 하고, 앞으로도 또 다른 일이 나를 기다리고 있을지도 모른다.

　집에서 저녁 식사를 하자마자 난 곧바로 PC방으로 직행했다. 박준영을 만난 뒤로 이 PC방도 꽤 오랜만에 오는군. 아마 원석이 형도 이곳에서 처음 만났었지? 나는 카운터에 돈을 내기 전에 우선 PC방 안 주변을 돌아다녀 봤는데, 어떤 저그 유저 하나가 컨트롤을 할 것 같으면서도 하지 않고 있는 마우스의 움직임을 보여주고 있었다. 이 행위를 보아하니 분명 범진이 형임이 틀림없다. 범진이 형은 날 보자마자 마치 자신이 보험회사 직원인 마냥 권유했다.

"아, 너도 시험 끝났어? 그럼 얼른 개인전 대회를 위해서 열심히 연습하도록 해. 우리 같은 사람들은 노력이 받쳐주지 않으면 대회에서 높은 성적을 거둘 수 없는 존재니까."
"뭔가 부정할 수 없는 말이라 슬프군요. 저기, 그런데 다른 형들은요?"
"어라, 너 혹시 오늘의 빅 이벤트를 모르고 있는 거야? 오늘은 스타리그 결승전 날이라고. 스타크래프트 유저라면 모를 수가 없는 정보건만…. 그래서 최원석과 인제열 개자식은 그걸 관전하러 가버렸지. 나는 그 녀석들이 놀고 있는 틈을 이용해 이렇게 꾸준히 연습하고 있단다."

　스타리그!? 이번 결승전은 이 지역 근처에서 개최되고 있다는 건가? 원석이 형과 제열이 형이 야자까지 째면서 그 현장으로 구경하러 갔을 정도라면 결승전이 정말 대단하긴 대단한가보다.

"저기, 그런데 결승전에 올라온 분들이 누구누구에요?"
"프로토스의 이승재, 저그의 배정도. 둘 다 전승으로 올라온 막강한 실력을 보유한 프로게이머야."

이승재란 프로게이머라면 예전 팀플레이 대회에 관한 신청서를 낼 때 잠깐 대면했던 그 사람 아닌가? 원석이 형이 존경하고 있는 사람···. 거기에다가 주종족도 나와 같은 프로토스이고, 정말 대단한 실력을 가진 프로게이머로 알고 있다. 나도 이러고 있을 때가 아니다. 지금은 고수들의 실력을 보면서 많이 배워야 할 때다.

"오늘 TV 게임 채널에서 생방송으로 결승전 중계 하지 않을까요? 그럼 저는 얼른 집으로 가서 봐야겠습니다."
"그럴 필요 없어, 잠깐 기다려 봐."

범진이 형의 말이 끝나기도 전에, PC방 관계자들이 갑자기 창고에서 TV를 꺼내 카운터 바로 옆쪽에 갖다놓고, 곧이어 서로 이야기를 주고받더니 천천히 설치하기 시작했다. 설마 PC방에서도 스타리그 결승전을 볼 수 있게 하는 건가. 정말 스타크래프트가 대중화되었다고 해도 이건 좀 심한데···.

이럴 수가, TV 채널이 설치되고 게임 채널에 위치하였을 때 이미 결승전이 시작 중임을 알 수 있었다. 아직 1경기여서 다행이로군. 하마터면 첫 경기부터 놓칠 뻔했네. 그러고 보니 지금 TV는 나만 지켜보는 게 아니었다. 모든 스타크래프트 유저들이 컴퓨터 자리에 앉은 채 TV를 주시하고 있었다.

맵은 네오 포르테, 대부분의 프로토스 유저들이 더블넥서스 빌드를 저그전의 정석으로 사용하게 만든 대표적인 맵 중 하나이다. 앞마당 바깥의 개방 되어 있는 입구가 다른 맵들에 비해서 많이 좁기 때문에, 포지와 게이트 건설만으로도 입구가 모두 막힌다. 입구를 막아버리면 나중에 진출할 때 건물을 부숴야 할 것 같지만 그렇지만도 않다. 앞마당 바깥 입구가 좁은 이유는 적은 숫자의 미네랄 덩어리들이 배치되어 있기 때문인데, 이것들을 프로브로 채취해서 없애버리면 공간이 생긴다. 본인이 원하는 타이밍에 입구를 넓힐 수도 있기 때문에 특이한 맵에 해당된다.

그런데 아까부터 계속 PC방 안의 스타크래프트 유저들의 목소리가 시끄럽게 들려오기 시작했다. 예전부터 전승을 해오던 이승재 프로게이머가 3:0으로 이길 게 분명하다는 목소리와, 새로운 신인 저그 유저 배정도 프로게이머도 만만치 않다는 목소리들, 이런 사람들 덕분에 게임에 집중이 하나도 안 되는군.

이승재 프로게이머가 더블넥서스를 하고 나서, 커세어와 셔틀 리버로 저그의 7시 스타팅 멀티를 급습하여 드론 타격을 주고 있는데, 배정도 프로게이머의 움직임이 심상치 않다. 히드라와 저글링들이 디파일러의 다크스웜에 힘입어 질풍노도와 같이 프로토스의 5시 전진 미네랄 멀티를 급습하고 있었다.

프로토스는 리버의 스캐럽으로 최대한 막아내려 했지만, 다크스웜의 영향으로 캐논이 힘을 쓰지 못하고 있었던 탓에 미네랄 멀티 넥서스가 파괴당하고 말았다. 프로토스의 주력인 커세어와 셔틀 리버가 돌아와 웹을 통하여 최대한 막아보려 했으나, 프로토스의 본진을 향해 계속해서 밀려오는 저그의 수많은 유닛들을 당해내기는 역부족이었다. 프로토스에겐 희망이 없었다.

Maneul : GG
SL : GG

프로토스가 1차전 경기를 너무 쉽게 내줬다는 느낌이 들었다. 그런데 갑자기 PC방 안에서 나와 같이 TV를 지켜보고 있던 스타크래프트 유저들 중에 몇몇 사람들이 분노를 하는 게 아닌가. 프로토스가 저그에게 밸런스상 약하기 때문에 졌다는 말을 하면서 말이다. 난 아직 실력이 부족해서 그런 걸 따져본 적이 없으므로 그런 걸지도 모르지만, 지금까지 나는 프로토스가 어느 종족에게도 약하다고 생각해본 적이 없었다. TV 게임 채널에서 캐스터를 담당하고 있던 사람은 이승재 프로게이머의 갑작스러운 패배에 당황하면서 해설자들과 계속 패배 원인을 분석하고 있었다.

2차전에서는 두 프로게이머 간에 어떤 플레이를 보여줄지 기대된다. 게임은 이미 시작되었다. 맵은 네오 레퀴엠이다. 이 맵은 역언덕형 맵이라고 불리는데, 본진이 낮은 지형이고 앞마당과 중앙이 높은 언덕 지형이라 로스트템플 같은 맵과 매우 대조된다. 오히려 이러한 점 때문에 본진에서 수비를 하는 게 까다롭게 느껴지는 맵이다.

배정도 프로게이머는 9시, 이승재 프로게이머는 12시 진영이다. 프로토스와 저그의 본진 간의 거리는 굉장히 가까운 편이다. 프로토스는 프로브를 잠깐 쉬어가면서까지 2게이트의 짓는 타이밍을 앞당겼다. 이른 타이밍에 나온 첫 질럿이 프로브 2기와 같이 저그의 진영으로 다가가고 있었다. 저그는 12드론 스포닝풀을 갔는데, 저글링 6기를 뽑기도 전에 저그의 진영에 프로토스의 질럿과 프로브 일행이 당도하였다. 저그의 드론들은 미네랄과 가스를 우클릭하면서 뭉쳐 다니며 질럿과 프로브에게 잡히지 않으려 애썼으나, 약간의 실수로 1기 정도 잡힌 채 저글링들로 겨우 수비해낼 수 있었다.

질럿들이 쉬지 않고 계속 나와서 지원을 오고 있는 것 같다. 저그는 결국 본진 더블 해처리를 택했고, 드론보단 저글링을 계속 생산해내어 질럿들과 정면 싸움을 하면서 중앙 교전을 계속 유리하게 이끌어내고 있었다. 질럿들이 결국 12시 본진으로 후퇴하기 시작했고, 저글링들은 추격전을 벌였다.

저글링들이 프로토스의 입구까지 도달하여 입구를 지키던 질럿들을 공격하기 시작했다. 그런데 이 순간, 정체불명의 질럿 1기가 저그의 본진에 난입하였다. 아까 질럿들이 퇴각을 하던 그 순간에 질럿 1기가 길을 우회한 것이다. 저글링들을 막기 어렵다고 판단한 입구의 질럿들은 프로브와 같이 싸우기 위해 본진의 넥서스 주위로 내뺐지만, 그 행동 때문에 게이트 2기를 지휘하고 있던 파일런은 저글링들에게 부서졌고, 이러한 타이밍에 저그의 스포닝풀이 저글링의 발업이 완료되었음을 알렸으며, 발업된 저글링들은 부산하게 움직여가며 프로토스의 진영을 게릴라 하기 시작했다.

프로브도 벌써 5기 정도나 잡혀버렸다. 프로토스에겐 현재 쉴 틈이 없어 보인다. 게이트 2기를 지휘하고 있던 파일런이 부서짐으로써 질럿이 추가되는 건 기대할 수가 없는 상황이었고, 이승재 프로게이머는 저그의 본진에서 바쁘게 움직이는 질럿 하나에게 자신의 운명을 걸고 있는 것처럼 보였다.

뒤늦게 에그에서 튀어나온 저글링들이 그 질럿 1기에게 계속해서 달라붙었으나, 이 질럿은 혼신의 힘을 다하여 계속해서 도망쳤고, 빈틈이 보일 때마다 드론을 공격하여 하나씩 잡아나갔다. 또 하나 잡았다. 질럿은 계속 맞아가면서도 꿋꿋이 종족의 미래를 위해 주인을 따르는 기계 로봇처럼 움직였다. 방금 또 잡았다. 벌써 드론 3기째인가…. 정말 굉장하다. 이승재 프로게이머의 이러한 멀티태스킹 장면을 지켜본 관중들이 함성을 지르고 있었으며, 배정도 프로게이머는 당황한 모습을 보였다.

솔직히 이때까지도 난 저그가 유리하다고 생각했다. 하지만…. 주도권은 어느 샌가 프로토스에게 넘어갔다. 저글링들이 프로브를 잡는데 욕심을 부리다 실수하여 질럿 2기와 프로브들에게 포위되어 잡히기 시작했으니, 그 숫자가 현저히 줄어들었다. 프로토스는 게이트 2기 건물 주위에 다시 파일런을 소환하기 시작하였고, 배정도 프로게이머는 질럿의 추가를 막기 위해 저글링들로 파일런을 집중적으로 공격하였지만, 질럿들과 프로브의 방해로 결국 파일런의 완성을 눈뜨고 지켜볼 수밖에 없었다.

저그의 진영에 난입한 질럿은 아직도 전사하지 않았다. 드론을 적당히 잡은 뒤로는 미네랄 뒤쪽에서 대기하며 저글링들과 대치하기도 하다가, 잡힐 것 같으면 또다시 도망쳤다. 이 때문에 추가로 나온 저글링들이 12시 프로토스에게 공격 가지 못하는 상황이 연출되었고, 프로토스는 본진 상황을 정리시킨 뒤 계속해서 질럿을 모았다. 게이트를 활용해 질럿을 4기 가량 추가시키다 분노의 하드코어 질럿 러쉬를 감행, 저그는 본진에 성큰을 지어가며 버텼지만 결국 그대로 박살났다.

SL : GG
Maneul : GG

이승재 프로게이머가 1차전 패배에 신경 쓰지 않고 침착하게 대응해서 프로토스가 승리할 수 있었던 것 같다. 역시 하이라이트라면 9시 저그 진영에 난입한 질럿 1기의 활약이라고 할까. 하지만 5판 3선승제인 만큼, 아직 누가 우승할지는 모른다. 플레이하는 걸 지켜보니 배정도 프로게이머도 절대 만만치는 않은 상대인 것 같다. 프로토스 대 저그전이 이렇게까지 스릴감이 넘치는 상황이 나오는 종족전이라니…. 어디 한번 결승전이 끝날 때까진 계속 지켜봐야겠다.

—

결승전 3차전이 시작하기 전에 잠깐 바깥에 나가서 바람 좀 쐬다 왔다. TV를 오랫동안 봐서 그런지 약간 어지러움을 느낄 수 있었다. 그런데 내 옆자리에 나란히 앉아 있던 초등학생 2명이 아까부터 계속 게임을 하면서 시끄럽게 떠들고 있었는데…. 그러고 보니 이 녀석들. 내가 원석이 형을 처음 만났을 당시에 밀리 하는 내 모습을 보고 뒤에서 킥킥대고 비웃던 그때 그 초등학생 녀석들 아냐? 나도 이젠 실력 좀 쌓았으니 한번 갖고 놀아줄까!?

"얘들아, 나랑 스타크래프트 한판 해볼래? 두 명이서 한꺼번에 덤벼도 좋아."

내 갑작스런 말에 초등학생들은 약간 당황하는 눈치를 보였다. 나름대로 고연령자(?)가 말을 걸어서 그런지 초등학생들은 망설였는데, 그중 하나가 내게 물었다.

"무한맵에서 하면 안 돼요?"

무한맵이라, 난 이래 봬도 예전엔 무한맵 유저였거든!? 절대로 봐주지 않겠다. 초등학생 녀석들은 둘 다 저그를 골랐고 난 프로토스이다. 파일런을 미리 짓고 게이트를 2개 올려 질럿을 뽑자마자 우선은 방어태세를 했다. 그럼 그렇지…. 초등학생 녀석들의 기지를 정찰해보니 별 이상한 빌드들을 쓰고 있었다. 아직 레어도 안 올렸는데 챔버를 짓고 있으니 말 다했지…. 미네랄을 더 채취하기 위해 본진 넥서스 건물 옆에 넥서스를 하나 더 짓고, 다수의 게이트에서 나오는 지상 병력들로 하나씩 밀어나가려 했다. 슬슬 병력을 이끌고 중앙으로 나가려할 때 메시지가 떴다.

Choding : 후반 15분이에요
1818 : 맞아, 절대 15분될 때까지 공격 오면 안 돼요
Yukhang : 몰라, 그런 거
Choding : ?

바보 녀석들, 내가 너희들 편의를 일일이 봐줄 것 같았냐?! 내가 원하는 건 승리뿐이다! 난 당당하게 그 멘트를 무시하고 천천히 하나씩 밀어버렸다. 하하, 예전엔 날 무시하더니 꼴좋게 되어버렸군. 아직 게임은 끝나지 않았지만, 난 자리에서 일어나 초등학생들 사이로 가서 녀석들의 머리를 쓰다듬어주며 말했다.

"어때, 상대가 안 될 정도로 강하지?"
"아, 형! 후반 15분이라고 말했잖아요!"

초등학생들은 매우 억울하다는 듯한 표정. 초반에는 절대 공격 안 올 것이란 생각을 한 탓에 병력을 거의 뽑지 않았다며, 그러니깐 다시 하자며 단체로 졸라댔다. 뭐, 이 정도 실력이라면 다시 해도 충분히 이길 수 있을 것 같으니 그렇게 해볼까…. 하는 생각을 하며 아무 생각 없이 녀석들의 모니터를 쳐다봤는데, 나는 보지 말아야 할 것을 보고야 말았다. 그 모니터에 나타나있는 미니맵이 마치 햇살이 쨍쨍한 대낮같이 밝다. 검은 안개 따윈 하나도 없었다. 처음엔 속업된 오버로드들을 곳곳에 퍼뜨린 게 아닐까 싶었는데 단순히 내 착각이었다. 문제는 이 녀석뿐만이 아니다. 옆에 있는 녀석도 마찬가지였다.

"미니맵이 다 보이잖아, 너희들 설마 맵핵 쓰고 게임한 거냐?"

이런 녀석들 때문에, 스타크래프트 배틀넷에서 게임을 공정하게 할 수가 없는 거지. 이 행위에 대해선 뭐라고 말을 해줘야만 해…. 다신 이러지 못하도록 말이지. 난

엄한 얼굴을 하며 따끔하게 녀석들을 훈계했다. 그랬더니 그중 하나가 정말 소름끼치게 울어서 어쩔 수 없이 둘 다 보내긴 했는데, 어쨌든 맘에 안 드는 녀석들이었다. 맵핵을 써서 이기면 과연 제대로 이겼다고 할 수 있나?

내가 초등학생 녀석들과 오십보백보 수준의 핸디캡 매치를 벌이는 이 와중에, 범진이 형은 옆자리에서 조용히 웹서핑 중이었다. 스타크래프트 커뮤니티 사이트에 접속하여 현재 스타리그 결승전에서 맞붙는 이승재 프로게이머와 배정도 프로게이머에 대한 게시물을 클릭, 자신도 댓글을 올려가며 스타리그의 화끈한 분위기를 즐기고 있었다.

Dungbig : 프로토스의 희망 이승재가 이제 손 좀 풀었나보군요, 정말 다행입니다
Legios : 근데 배정도 저그도 생각보다 막강한 것 같습니다, 신인의 경기력이 아니네요.
Maron : 3차전 맵 루나에선 저그가 프로토스 상대로 좀 더 낮지만, 상대가 상대인만큼… 이 맵에서의 싸움이 승부처가 되지 않을까 싶습니다.
Ragnarok : 닥쳐
Dungbig : 강자들의 승패를 예측할 수 없는 치열한 대결, 과연 어떻게 마무리 지어질지… 어디 한번 3차전도 즐겁게 감상해봅시다.

이런, 벌써 3차전이 시작되고 있었다. 맵은 루나이며 저그는 5시 진영, 프로토스는 11시 진영이었다. 대각선 거리라면 프로토스는 2게이트로 절대 저그에게 타격을 주기가 힘들다. 거리가 멀기 때문에 발업이 되지 않은 질럿이 저그의 진영에 도달하는 데 걸리는 시간이 생각보다 길기 때문이다. 나와 같은 생각을 하고 있었는지 이승재 프로게이머는 처음부터 대각선 정찰을 통해 저그가 5시 진영에 있다는 걸 확인하자마자 바로 어시밀레이터를 올려 1게이트 체제를 선택했다.

배정도 프로게이머는 이걸 드론 정찰로 확인하자마자 3해처리 체제를 택했고, 성큰 콜로니를 하나만 짓고 해처리에서 나오는 라바들은 거의 다 드론으로 돌려 배째기 시작했다. 이승재 프로게이머가 질럿을 3기까지만 뽑고 바로 드래군 1기를 추가하여 정찰 온 오버로드를 쫓아낸 뒤에 바로 스타게이트와 아둔을 건설, 그 뒤로는 돈 되는대로 게이트를 2개 더 추가하였는데, 설마 병력 숫자가 적은 1게이트 체제라는 것을 저그에게 인식시킨 뒤에 빠른 발업 질럿으로 찔러서 끝내자는 의도인 건가?

이승재 프로게이머는 스타게이트에서 나온 커세어로 저그의 진영을 정찰하여 레어가 올라간 상태로 스파이어를 올리고 있다는 것을 확인하였다. 마침 아둔 건물이 질럿들에게 발업 업그레이드가 끝났음을 알렸고, 질럿 7기와 드래군 1기, 커세어 2기가 무슨 거센 폭풍이라도 지나가는 것처럼 빠르게 진격하기 시작했다. 배정도 프로게이머는 상대방의 타이밍 러쉬에 대비해 다수의 크립 콜로니들을 건설해둔 상태였기 때문에, 상대 유닛들이 진격해오는 걸 보자마자 성큰 콜로니로 변환하여 성큰 3기에 저글링 9기 정도로 수비하였다.

이에 프로토스는 간만 보다가 본진으로 회군하더니 3게이트에서는 드래군을, 스타게이트에서는 커세어를 뽑아 뮤탈에 대비하면서 앞마당에 넥서스를 소환하려고 하는데, 스타리그 중계 화면을 움직이는 옵저버 모니터가 프로토스의 앞마당 부근을 주시하자, 앞마당 넥서스를 지을 부분에 무언가 작은 구멍이 보였다. 저글링 1기가 전부터 앞마당 넥서스 멀티 위치에 버로우를 하고 있었기에, 프로토스는 디텍팅 기능이 있는 캐논을 짓거나 옵저버를 뽑지 않으면 절대로 프로브가 앞마당 넥서스를 소환할 수 없게 한 것이다.

마침내 저그의 뮤탈 8기가 이곳저곳을 휘젓기 시작하였다. 프로토스는 드래군 5기와 커세어들로 최대한 수비하며 빠르게 템플러 아카이브 테크트리를 올려 하이템플러 2기로 하여금 아칸으로 합체하려 했다. 그런데 갑자기 저그 진영으로부터 일렬로 오고 있는 저글링들이 내 눈에 띄었다. 기동성도 쓸 만하고 위력도 장난 아닌 조합인 저그의 뮤탈리스크와 저글링, 일명 뮤링 체제이다.

저그의 뮤탈들은 우선 프로토스의 본진에 타격을 주면서 커세어와 드래군이 본진에 와서 수비하길 기다렸다. 마침내 드래군과 커세어가 수비하러 오자 뮤탈들은 바로 프로토스의 앞마당까지 도착해 온 저글링들과 합류하여 질럿 7기와 캐논 1기가 수비하고 있던 앞마당 쪽을 공격하기 시작했다. 아칸이 뒤늦게 도착해서 망정이지, 하마터면 짓고 있던 앞마당 넥서스를 취소하려는 상황까지 갈 수도 있을 위급한 상황이었다.

이승재 프로게이머는 그 뒤로 스톰업을 하고 하이템플러를 추가하여 우선 앞마당과 본진을 지키면서 자원을 확보하고, 한방을 노리겠다는 생각으로 진행하였다. 다크템플러를 미리 뽑아 다른 스타팅과 앞마당 멀티를 순회하면서 저그가 함부로 다른 멀티들을 먹지 못하게 하였다. 저그는 우선 자신의 5시 앞마당과 연결된 6시 미네랄 멀티부터 먹고, 프로토스의 중앙 진출로마다 러커를 이용한 연탄 조이기 체제를 갖추기 시작했다. 프로토스는 저그가 연탄 조이기를 할 것을 생각해서 미리 로보틱스를 올려둔 상태였다.

프로토스에게 가장 불안하면서도 컨트롤을 많이 요구하는 시기가 찾아왔다. 이승재 프로게이머의 병력들은 옵저버를 갖춘 채 12시 미네랄 멀티로부터 중앙 쪽으로 연결되어있는 다리를 건너려 했는데, 앞에 러커들과 저글링 히드라가 포진되어 있었다. 다리는 좁은 편이므로 대부대가 이동하기에는 불편했기에, 자신의 앞마당 쪽에서 중앙으로 향하는 진출로만도 못해 보였다. 이승재 프로게이머는 병력들을 자신의 앞마당으로 귀환시킨 뒤 본격적으로 연탄 조이기를 뚫으려 했다. 우선 러커 1기마다 스톰을 하나씩 날리고 드래군으로 1대씩 치면서 손해를 입지 않고 러커를 계속 천천히 제거해 나갔다.

이때 잠깐 프로토스가 실수를 보였다. 러커를 비추고 있던 옵저버 하나가 방심하고 있다가 스커지에게 폭사 당해버렸다. 프로토스는 추가로 나오는 옵저버에 의지하며 계속 천천히 연탄조이기를 뚫으려 했다. 여기서 프로토스가 뚫지 못하면 저그의 올 멀티를 허용하게 되고, 그렇게 되면 울트라 저글링 목동체제를 허용하게 되니 프로토스에게 불리할 수밖에 없다. 그렇다고 12시 미네랄 멀티를 확보해도 저그에게 멀티할 시간을 주는 격이므로, 프로토스는 지금 이 타이밍에 연탄 조이기를 뚫을 수밖에 없었다.

드래군들이 먼저 앞장서서 총공격을 감행하기 시작했고, 스커지가 6마리씩이나 옵저버에게 박으려고 하는 상황이 연출되었으나, 예전부터 프로토스를 돕고 있었던 커세어 3기와 드래군들이 한꺼번에 스커지들을 공격했기에 옵저버가 터지는 것만은 면할 수 있었다. 러커들이 타격을 받자 저글링 히드라 부대들이 진격하여 러커를 호위하며 드래군들을 공격하기 시작했고, 이에 기다렸다는 듯 하이템플러가 스톰을 통해 저그의 병력을 뒤로 빼게 했다. 이때 질럿이 아칸과 함께 퍼져서 뛰쳐나오며 러커들을 공격하였으며, 5시 쪽에서부터 계속 달려오는 저글링들과 저그 주력이 합세하여 서로 교전하였다.

러커 부대는 거의 다 섬멸하였으나, 프로토스도 결국 질럿 유닛을 모조리 잃어버렸다. 이승재 프로게이머는 드래군과 하이템플러만으로는 저그의 추가 병력을 상대할 수 없다는 것을 생각했는지 자신의 앞마당으로 우선 귀환시켰다. 프로토스는 게이트마다 하이템플러를 예약시켜 나오게 한 뒤, 대부분 아칸으로 합체시키고 저그의 1시 앞마당 멀티를 공격하였다.

1시 앞마당 멀티를 지키고 있던 성큰 2기는 최대한 아칸을 공격하였고, 5시 저그 진영 쪽에서 파견 온 히드라 저글링들이 최대한 멀티를 사수하려고 하였으나, 아칸들이 정면에서 저글링을 맞상대해주는 가운데, 남은 하이템플러들로 스톰 세례를 날리며 히드라들을 우왕좌왕하게 하였다. 결국 1시 앞마당 멀티는 파괴되고, 프로토스는 바로 12시 미네랄 멀티를 가져가기 시작하였다. 이때 저그는 5시 앞마당 멀티와 6시 미네랄 멀티, 그리고 8시 스타팅 멀티를 가지고 있었는데, 1시 앞마당 멀티가 파괴되었다곤 하나 아직까진 저그가 유리해 보인다. 이승재 프로게이머는 12시 미네랄 멀티가 완성되자마자 그 지역에 캐논을 8기 이상 지었고, 우선 지구전을 선택했다.

저그 진영에서는 이미 공 2업, 방 2업, 아드레날린 업그레이드가 되어있는 저글링과 프로토스의 공공의 적인 울트라리스크가 이미 저그의 주력 부대에 편입되어 12시 미네랄 멀티를 총공격했다. 아칸 6기와 하이템플러, 캐논들이 최대한 수비하려 하는데 저그의 행렬이 끝이 없다. 암만 제거해도 계속 몰려오는 저그의 병력을 프로토스는 당해낼 길이 없었다. 마침 8시 멀티로 몰래 향한 다크템플러들이 오버로드의 감시를 피해 드론들을 상당히 제거하였으나, 12시 미네랄 멀티의 파괴는 프로토스에게 큰 손실이 아닐 수 없었다. 대세는 이미 기울었다.

Maneul : GG
SL : GG

강력한 프로토스가 저렇게 열심히 했는데도 결국 저그에게 질 수밖에 없다는 것에 대해 나는 분노하였다. 정말 이승재 프로게이머가 이겨줬으면 좋겠다…. 라고 생각하면서 나는 오징어나 사 먹으러 슈퍼에 갔다.

—

이 PC방 근처는 나름 번화가였기에, 밤인데도 불구하고 돌아다니는 사람 숫자는 줄지 않고 있었다. 하지만 밤일수록 미소년인 내가 납치당할 가능성도 적지 않으니 오랫동안 돌아다녀선 안 될 것 같다. 난 슈퍼로 향하는 도중 잠깐 의문에 잠겼다. 프로토스라는 종족이 정말로 저그에게 약한 종족인가? 정말로 나는 이번 기회에 처음 알았다. 아까 내가 PC방 안에서 결승전 경기를 지켜볼 때도 스타크래프트 유저들이 분노하며 프로토스가 저그에게 약하다면서 시끄럽게 떠들지 않았던가.

솔직히 나는 잘 모르겠다. 저그의 유닛들을 몰살시키는 하이템플러의 사이오닉 스톰, 제공권을 장악하는 커세어, 디텍터 없이는 볼 수 없는 강력한 공격력의 소유자 다크템플러, 유닛들을 대량 학살시키는 리버, 사기적인 공격력을 소유하고 있는 캐리어, 이런 유닛들이 떡하니 있으니 결코 다른 종족에게 뒤지지 않을 것 같은데.

나는 슈퍼에서 마른오징어와 더불어, 한때 펩시콜라의 아성에 뒤진 코카콜라를 같이 구입하였다. 예전에 코카콜라가 펩시콜라의 펩시맨에게 밀려 한때 경제면으로 고생했으리라 생각하며 불쌍한 마음으로 사주는 것이다. 나처럼 회사를 위해 베푸는 소비를 하는 사람이 과연 지구상에 존재할라나⋯. 하하하. TV를 보면서 오징어를 뜯어먹으며 음료수를 마실 때 그 쾌감은 이루어 남에게 표현할 수가 없다.

슈퍼를 빠져나가 밤길을 걸으며 PC방으로 돌아가던 도중이었다. 누군가가 뒤에서 내 등을 손가락으로 툭툭 치며 자꾸 내 신경을 건드렸다. 뒤를 돌아보니 꼬마 하나가 내게 무언가를 물어보려고 하는 것 같았다. 보아하니 나보다 어린 녀석인 것 같은데, 이런 늦은 시간에 번화가를 돌아다니고 있는 것도 수상하고, 내게서 뭘 물어보려고 하는지 잘 모르겠다.

"저기, 이 근처에 PC방 어디 있어요? 옛날에 와본 적은 있었는데 길이 헷갈려서요."

왜 이때 불필요한 장난기가 발동한 것인지 참으로 의문스럽다. 난 친절함 가득한 얼굴로 PC방이 위치한 장소의 반대 방향을 손으로 가리켰다. 그랬더니 그 녀석은 내게 감사를 표하며 정말로 내가 가리킨 곳으로 가버렸다. 하필 내게 길을 묻게 되다니 불쌍하네.

내가 PC방 안으로 다시 돌아왔을 때에는 스타리그 4차전이 이미 시작한 뒤였다. 라이드 오브 발키리 맵에서 이승재 프로게이머의 리버가 속업 셔틀에 탑승한 채 저그의 진영을 휩쓸고 있었으며 많은 드론들이 리버에게 잡혀버렸다. 저그가 발악을 하기 위해 저글링 히드라 러쉬를 감행해보지만 적절하게 배치된 캐논들과 추가 리버로 효과적으로 막아내었다.

SL : GG
Maneul : GG

이승재 프로게이머의 승리로 다시 승부는 원점으로 돌아갔다. 스코어는 2:2로서 최후의 5경기까지 가지 않으면 프로토스와 저그의 승패를 가릴 수가 없게 된 것이다. 그나저나 마른오징어…. 너무 오랜만에 씹어서 그런지 너무 맛있다! 한때 집안이 가난했을 때의 안타까운 추억도 생생히 떠오른다. 나는 지금 이 상황에 대해 표현을 다하지 못할 정도로 엄청나게 행복한 상태다. 마른오징어를 씹으면서 TV 광고들을 보며 요새 잘나가는 제품들이 무엇이 있나 하며 알아가고 있는데, 옆자리에 있던 범진이 형이 물었다.

"최승태, 넌 누가 이길 것 같아? 5차전 말이야."
"글쎄요…. 5차전 맵은 1차전에 쓰인 네오 포르테 맵이 그대로 쓰이는 거죠? 1차전은 배정도 프로게이머가 승리한 전장인데…. 프로토스가 이겼으면 좋겠지만, 제 생각엔 결국 저그가 이길 것 같네요."
"음, 나도 같은 생각이야. 4차전에서 이승재 프로게이머가 보여준 리버 드랍도 운이 많이 따랐기에 많은 피해를 줄 수 있었다는 생각이 자꾸 들어. 정면 대결에선 항상 배정도 프로게이머가 앞서나가는 걸 보니까, 뭐랄까…. 이승재 프로게이머의 우승 독재도 여기까지가 아닐까 싶네."
"그나저나 범진이 형, 스타리그 결승전 끝나면 집으로 돌아가실 거예요?"
"아니, 개인전 대회가 얼마 안 남았으니 몸이 지칠 때까지 연습하다가 가려고."
"대단하시네요. 그래도 가끔씩은 쉬시면서 하세요. 계속 연습만 하면 힘들잖아요."

그런데 갑자기 범진이 형이 어두운 얼굴을 하며 짧은 한숨을 내쉰다. 내가 말실수라도 했나…? 계속 개인전 대회를 위해 컴퓨터 앞에 앉아서 게임만 주야장천하면 스트레스도 좀 받을 테고 건강에도 무리가 생기니까 내심 걱정이 들어서 해본 말이었는데…. 짧은 시간이 경과하자, 범진이 형은 자신이 한숨을 내뱉은 까닭을 설명하기 시작했다.

"사실 난 쉴 겨를이 없어. 이번 개인전 대회는 나보다 강한 원석이와 제열이를 꺾지 못하면 난 절대로 우승을 노릴 수가 없으니까. 원석이는 스타크래프트 유저들에게 전설로 불리는 거의 초월적인 존재이지만, 내 물량 위주의 플레이가 원석이에겐 쥐약이라 원석이를 상대로는 어떻게든 해 볼만한데…. 내 라이벌인 인제열 이 개자식은 정말 넘사벽이야. 계속 대결해 봐도 도저히 분석이 안 돼."
"제열이 형은 엽기적인 플레이를 선호하시지 않나요?"
"말이 엽기적인 플레이지, 단순히 상대를 웃기려고 하는 플레이가 아니라 이기려고 쓰는 녀석이니까. 난 대회 때마다 중요한 순간에 그 두 녀석에게 져서 지역 대회 우승을 항상 놓쳐왔지. 이런 처참한 결과를 너무나 당연하게 받아들이는 게 싫어서, 이번엔 나도 한번 이겨보려고 이렇게 연습하는 거다."

원석이 형이야 전설로 통하는 사람이니 얼마나 강한지는 잘 알고 있었지만, 듣자하니 제열이 형도 만만치는 않은 것 같다. 대회에 같이 나가는 지인들에게 자꾸 지면 정신적으로 위축되는 것도 당연하겠지. 범진이 형…. 그 피땀을 흘려 연습하는 노력만큼 좋은 결과가 있었으면 좋겠네요. 하지만 저와 대진이 걸리면 봐줘요.

대망의 결승전 5차전이 시작하고 있었다. 맵은 네오 포르테, 프로토스는 11시이고 저그는 5시이다. 오늘은 프로토스에게 불운이 겹쳐서인지 또다시 대각선이다. 프로토스는 1차전 때 하던 대로 자신의 앞마당에 넥서스를 소환하고 뒤이어 포지를 지어서 캐논을 뒤늦게 배치하는 더블넥 포지 전술을 사용하고 있었다.

하지만 배정도 프로게이머는 프로토스가 선 포지보다 선 넥서스를 할 것을 1차전 경기를 통해 이미 파악하고 있었다. 프로브가 5시를 뒤늦게 정찰하였는데, 이미 저그는 9드론 스포닝풀 빌드오더를 택하여 저글링 6기를 빠르게 생산하였고, 저글링들은 프로토스의 본진을 향해 곧장 움직였다. 캐논, 어서 완성되지 않으면…. 이대로 계속 워프 중이면 캐논이 완성되기도 전에 파괴되는 최악의 상황이 나오고 말 것이다.

프로토스 앞마당 입구 쪽에서 프로브 8마리가 저글링과 부딪히다가 빠지는 식으로 저글링들의 진격을 최대한 늦춰보려고 했지만, 결국 저글링이 이에 말려들지 않고 캐논이 거의 완성되려 할 때 무시하고 본진으로 난입했다. 별로 시간이 지난 것 같지도 않은데 저글링들은 이미 발업이 완료…. 저글링들은 프로브들에게 잡혀줄 생각을 안 하고, 치고 빠지기 전술을 통해 계속 프로브들을 괴롭혔으며 1기씩 잡아갔다.

결국 뒤늦은 게이트에서 나온 질럿 1기와 프로브들로 겨우 저글링 6기를 잡아냈지만, 그동안 저그는 멀티 곳곳에 해처리를 펴면서 지구전 체제를 구축하려 하고 있었다. 레어는 조금 늦게 갈 생각인가 보다. 저그는 3차전 때처럼 배 째기식으로 드론을 계속해서 생산하고 있지만, 프로토스는 공격 나갈 처지가 아니었다. 초반에 받은 피해를 복구하기에도 바쁘다. 이승재 프로게이머로서는 정말 숨 가쁜 상황이었지만, TV 모니터에 비친 그의 얼굴에는 힘든 표정이란 눈곱만큼도 찾아볼 수 없었다.

프로토스는 우선 커세어 하나를 띄워 저그의 빌드오더와 움직임을 파악하곤 캐논에 의지한 채 11시 전진 미네랄 멀티를 빠르게 확보했다. 이번에는 1경기 네오 포르테 때 구사한 커세어 리버 체제가 아닌 질럿과 드래군 중심 체제로 가려는 것 같다. 초반에 캐논을 짓기 위해 미리 지어뒀던 포지는 여전히 돌아가고 있었으며, 하이템 플러들은 뮤탈과 앞마당 언덕 러커 견제에 의한 피해를 최소화시켰다. 다크템플러 들은 각 스타팅 멀티, 앞마당 멀티들을 순회하고 있었고, 질럿 드래군들은 앞으로 의 출격을 위해 마음의 준비하고 있는 것 같았다.

옵저버가 등장함으로써 프로토스에게 진출의 시기가 찾아오고 있었다. 빠른 타이 밍에 전진 미네랄 멀티를 가져간 뒤에 캐논 숫자만 믿으면서 계속 방어해왔으므로, 그동안은 저그에게 견제를 하지 않았다. 그렇기에 저그는 맘 편하게 6시 양옆 가스 멀티들과 1시 스타팅 멀티, 1시 앞마당 멀티를 확보한 상황, 이제 슬슬 일촉즉발의 시기가 찾아오려한다.

하이템플러들이 11시 전진 미네랄 멀티의 캐논들을 등지면서 진영 앞에 배치된 러 커들에게 스톰을 갈기고 드래군으로 한 대씩 치자, 러커들이 힘도 못 쓰고 하나씩 죽기 시작했다. 이승재 프로게이머는 이따금씩 벌어지는 히드라들의 하이템플러 저격에도 대처가 유연했다. 배정도 프로게이머는 자신의 유닛들이 프로토스의 진 영 앞에서 버티고 서있는 행동이 오히려 손해를 보고 있다는 사실을 깨달았는지 병 력을 모조리 철수시켰다.

프로토스가 중앙으로 진출하면서 12시 좌측 가스 멀티에다 넥서스를 워프시켰고, 저그는 이를 저지하러 소수의 유닛을 보내다가 프로토스 주력에 의해 괴멸되었다. 이승재 프로게이머는 주력 병력들로 하여금 저그의 6시 좌측 가스 멀티를 공격하 기 시작했다. 스포어 1기와 성큰 3기, 러커 4기 정도가 진을 치고 버티고 있었으나 이승재 프로게이머는 당황하지 않고 스톰으로 천천히 스포어 콜로니 뒤쪽에 버로 우 되어있는 러커에게 스톰을 한방씩 날린 뒤, 질럿과 드래군을 돌진시켜 결국 러 커와 성큰을 제거하고 순조롭게 멀티를 파괴했다.

하지만 배정도 프로게이머도 가만있지는 않았다. 아드레날린 저글링과 히드라, 러 커가 빈집털이 식으로 프로토스의 전진 미네랄 멀티를 공격하여 빠른 속도로 파괴

STARC FIGHTERS

58/59

시켰고, 이 기세를 틈타 11시 프로토스의 앞마당까지 전진하려 했다. 러커들은 앞마당 바깥에서 미리 버로우하여 바깥에 나가 있는 프로토스의 주력 부대가 급하게 본진으로 지원 오다가 러커 함정에 걸려들어 피해가 누적되길 바라면서, 나머지 저글링 히드라 부대로는 11시 프로토스 입구 쪽 캐논 라인을 무너뜨리고 앞마당 넓은 공간에 배치된 다수의 게이트들을 대거 부수는 데에 성공하지만, 결국은 프로토스 주력 부대에게 모두 깔끔하게 정리 당했다.

이때 1시 저그의 스타팅 멀티에서는 다크템플러 1기와 질럿 3기가 별동대로서 성큰 콜로니를 파괴하고 드론을 사냥하고 있었으며, 프로토스 주력 부대는 중앙을 가로질러 곧바로 5시 저그의 전진 미네랄 멀티를 급습하였다. 아드레날린 저글링들이 계속 뛰쳐나오며 프로토스의 병력들을 최대한 막아보려 했으나, 저글링들만으로 막기에는 조합 면에서 불리해 전진 미네랄 멀티는 파괴되었다.

5시 전진 미네랄 멀티가 파괴되자 저그의 모든 멀티가 위협에 노출되었다. 저그의 1시 앞마당 멀티와 6시 우측 가스 멀티는 추풍낙엽처럼 쓸려나갔다. 울트라리스크를 뒤늦게 준비한 저그가 목동체제로 회심의 일격을 가하려 했으나, 이미 5시 앞마당을 제외한 모든 멀티가 파괴되었기에 자원이 받쳐주질 않았다. 결국 프로토스의 아칸 추가에 밀리면서 게임을 포기할 수밖에 없는 상황이 되었다.

SL : GG
Maneul : GG

배정도 프로게이머가 메시지를 통해 게임 포기를 선언하자마자 이를 중계하던 캐스터의 힘찬 멘트가 이어졌다.

"GG, GG! 아아, 이승재가 또다시 기적을 연출합니다! 프로토스 역사상, 아니…. E-Sports 역사상 이렇게 강력한 선수가 있었습니까! 전략이면 전략, 물량이면 물량, 컨트롤이면 컨트롤! 2회 연속 우승으로도 모자라 감히 3회 연속 우승을, 현존해왔던 프로게이머들 중 최초로 일궈냈습니다! 그야말로 프로토스 출신의 위대한 독재자의 탄생입니다! 10회 스타리그의 우승자, 그의 이름은 이승재입니다!"

무대 앞쪽에 설치된 폭죽이 터지고 큰 스피커로부터 감동적인 음악이 울려 퍼지기 시작했다. 이승재 프로게이머가 정말 세상을 다 가진듯한 기쁜 얼굴을 하며 게임 부스에서 바깥으로 나왔고, 관중석에 앉아있던 같은 팀원으로 추정되는 사람들이 환호성을 질러대며 무대 위로 난입, 헹가래를 치며 우승의 기쁨을 다 함께 나누었다. 뒤이어 대회 관계자에 의해 주어지는 스타리그 우승 트로피가 이승재 프로게이머에게 전달되었고, 그는 트로피를 한 손으로 높이 힘차게 들었다. 카메라 셔터 소리가 쉴 새 없이 이어졌다.

뒤늦게 배정도 프로게이머가 위치한 게임 부스로 TV 화면이 전환되었다. 배정도 프로게이머는 한 팔꿈치를 책상에 댄 채 손을 얼굴에 갖다 대 자신의 두 눈을 가리고는 고개를 떨구고 있었고, 어떤 장발의 남자 하나가 부스 안으로 들어와 배정도 프로게이머의 등에 손을 얹은 채로 어떤 말들을 건네고 있었는데…. 이렇게 지켜보는 시청자 입장에서도 참으로 안타깝게 느껴졌다.

승리자와 패배자의 분위기가 너무나도 극명하게 갈린 모습들이 연출되고, 마침내 게임을 중계하던 캐스터와 해설자들, 그리고 이승재 프로게이머와 배정도 프로게이머가 무대에 나란히 섰다. 가장 가운데에 서있는 캐스터가 자신의 개인 마이크를 들고 시끌벅적 떠들기 시작했다.

"프로토스 유저들에겐 정말 반가운 소식이 아닐 수가 없습니다. 프로토스가 또 우승했네요. 이번 10회 스타리그 본선에 올라온 대부분의 선수들이 인터뷰를 하면 한결같이 이런 포부를 밝혔죠. 이승재의 2회 연속 우승은 허락했지만 3회 연속 우승만큼은 내가 반드시 막아내겠다! 이번 스타리그에서는 정말 쟁쟁한 프로게이머들이 자신의 대진 상대였음에도 불구하고, 15:1의 경쟁 싸움이었음에도 불구하고, 결국 또다시 결승에 올라갔고, 또다시 우승을 해버렸네요. 이승재 선수, 마이크 받아주시길 바랍니다. 이승재 선수의 우승 소감을 듣지 않을 수 없군요. 우승 소감 말씀해주시죠."
"열심히 노력한 만큼 성과가 나타났기에 정말 기분이 좋네요."
"그렇군요. 오늘 결승전 경기, 대체로 어땠습니까? 잘 풀렸던 것 같습니까?"
"음…. 뭔가 준비한 건 많았는데, 뜻대로 상황이 전개되지 않은 경우가 간혹 발생해서 여러모로 꼬이기도 하고, 무척 난감했습니다. 그냥 준비를 안 하고 올걸 그랬나봐요."

그의 말 중에 마지막 문장은 옆에 있던 캐스터와 해설자들은 물론이고, 시상식을 관람하는 관중들의 웃음을 자아내게 하는데 충분했다. 이번엔 해설자 한 명이 마이크를 들고 이승재 프로게이머에게 질문을 꺼냈다.

"이승재 선수, 이번 결승전은 그동안 자신이 앞서 치른 3번의 결승전과는 다르게 5경기까지 이어졌는데요. 가장 힘들다고 느꼈던 경기는 무엇입니까?"

"마지막 경기였던 5경기가 가장 힘들었습니다. 초반에 저글링 난입을 허용해버려서 큰 위기를 맞았는데, 어떻게든 수비해낸 것도 정말 다행이었고…. 5경기와 같은 맵을 사용했던 1경기에서 진적도 있었기에 게임 후반까지 방심하지 않았습니다."

"그렇군요. 이승재 선수가 2경기 네오 레퀴엠 때 정말 유연한 멀티태스킹을 보여준 게 굉장히 인상적이었는데요. 발업된 저글링들이 이리저리 뛰어다니며 프로브를 사냥하는 장면은 그동안 많이 연출됐지만, 질럿 하나가 발업도 안된 상태에서 저그 진영을 휘젓고 드론을 그렇게 많이 잡았던 적은 없었거든요. 이런 상황을 많이 연습하셨던 건가요?"

"특별히 그랬던 건 아니고, 그 경기까지 내주면 스코어가 0:2가 되는 상황이었기에 목숨 걸고 컨트롤에 집중할 수밖에 없었습니다."

"위기의식이 오히려 도움이 된 거로군요?"

"네, 맞아요."

"이번 결승전 맞상대였던 배정도 프로게이머에 대해선 어떻게 생각하십니까? 뭐, 실력은 어떻다든지 여러 가지로 말이죠."

"지금으로써는 저그 프로게이머들 중 가장 강한 실력을 가졌다고 봐도 될 것 같습니다. 이번에 처음으로 맞붙으면서 그것을 확실히 느꼈습니다. 배정도 프로게이머가 아직 신인이라 방송 경기도 많지 않다 보니 자료수집에 어려움이 많았습니다."

"마지막으로 스타리그 결승전 현장을 지켜보고 있는 스타크래프트 유저 분들에게 한마디 해주십시오."

"저를 응원해주시는 여러분들에게 진심으로 감사의 말씀을 드립니다. 차후 스타리그에서의 활약도 기대해주십시오."

어제 성황리에 마무리된 스타리그 결승전에 관한 기사가 신문에 실려 있었다. 배정도 프로게이머의 패인은 아직 신인이었기에 경험 부족이 가장 큰 요소로 작용했다는 식으로 적혀 있었다. 그나저나 강자들끼리의 대결이라 그런지, 그때 시간 내서 구경했던 시간은 그리 아깝지는 않았던 것 같다. 프로토스가 저그를 상대로 다전제에서 승리를 거뒀다는 사실은 그 당시에 결승전을 보고 있던 관중들에게 커다란 충격을 안겨주었다고 한다. 이승재 프로게이머는 프로토스가 아직 건재하다는 사실을 다시 한 번 세상에 알렸다.

"원석이 형, 오늘은 어떤 걸 알려줄 거예요?"

주말 오후, 난 평상시대로 PC방에 틀어박혀 있는 원석이 형에게 찾아가 내게 실력을 전수해줄 것을 요구했는데, 오늘은 특이하게도 원석이 형이 엄청나게 귀찮다는 듯한 얼굴을 하고 있었다.

"오늘은 개인 연습하도록 해. 이것으로 전수는 끝."

그러고는 정말 매정하게도 여자친구와 어디론가 놀러 가버렸다. 처음 만났을 때부터 친절하게 기초부터 이것저것 가르쳐주던 그 모습은 어디가고 없었다. 개인전 대회는 앞으로 15일밖에 안 남았는데, 이대로 시간만 허비하다간 대회 성적이 불 보듯 뻔하다. 하는 수 없지, 내일부터는 거머리가 되어 원석이 형에게 쫀득하게 달라붙어야겠다.

강자들의 출현과 도전

요즘 들어 원석이 형이 내게 스타크래프트를 가르치는 게 뜸해졌다. 단순히 귀찮다는 게 그 이유다. 계속 달라붙어도 소용이 없다. 덕분에 나는 PC방에 갈 때마다 제열이 형과 엽기 전략을 연구하는 시간이 많아졌고, 시간이 지나면 지날수록 내 플레이스타일이 제열이 형을 닮아가며 괴상하게 변해갔다. 예를 들면 테란전에서 마인을 보는 데 사용하는 옵저버를 안 쓴다든지, 저그전에서 커세어 대신 스카웃을 사용한다든지…. 가장 높은 승률을 보유하도록 만드는 정석을 안 쓰게 되는 것이다. 근묵자흑이란 게 이런 상황을 두고 하는 말인가 보다. 역시 내 스승인 원석이 형한테 배우는 게 제일 좋겠어…. 내일만큼은 반드시 원석이 형에게 배운다!

다음날, 학교 수업 시간마다 나타나는 선생님들의 수업은 이미 내 안중에 없었다. 난 내 책상에 엎드려서 실컷 잠을 잤다. 이차함수 외울 시간에 질럿 컨트롤을 좀 더 연습하는 게 내 인생에 더 도움이 될 것이라는 확고한 믿음이, 내가 밤낮으로 쉬지 않고 열심히 공부해야 하는 학생 신분임을 망각하도록 하였다. 종례를 마치자마자 가방을 메고 곧바로 PC방까지 개인 마라톤을 하였다. 아직 형들이 있을 시간도 아니었지만, 미리 가서 배운 것들을 복습해두고 싶었다.

"… 어라?"

그런데 이게 웬걸, PC방 안에는 지금 시간엔 절대 존재할 리 없는 원석이 형이 떡하니 컴퓨터 자리에 앉아서 교복을 입은 채로 오른손에 쥔 나무젓가락을 요리조리 움직여가며 컵라면과 단무지를 맛깔나게 시식 중이었다. 도대체 이런 시간에 왜 여기에 있는 거지…. 우선은 물어보는 게 좋겠다.

"원석이 형, 오늘 등교 안 하셨어요?"
"아아, 가긴 갔었어. 건강이 좀 안 좋아서 병원 간다고 말하고 조퇴했지. 뭘 새삼스럽게 그런 걸 묻고 그래?"

마치 자기 스승의 심리쯤은 당연히 알고 있어야 한다는 듯이 말하고 있다. 그러나

딱 봐도 전혀 아파 보이지 않는다. 아니, 애초에 아프면 이 장소에 나타나지도 않았겠지. 야간 자율 학습도 거의 날마다 도망치다시피 하는 마당이다. 이런 사람이 수능을 앞둔 고3이라니, 정말이지 웃기지도 않는다. 하여튼 이건 호기다. 오늘 원석이 형이 내게 가르쳐 줄 마음이 있을지는 미지수지만, 우선은 말해보도록 하자.

"원석이 형, 오늘은 제발 밀리 좀 가르쳐줘요."

원석이 형은 내 말을 듣자마자 조건 반사하듯 인상을 찌푸리고는 단무지 하나를 이빨로 깨물며 대답을 회피했다. 여러 번 물어봐도 똑같은 반응을 보여 버리니, 진짜로 나한테 밀리를 가르쳐주기 귀찮아하는 것 같다. 오늘 원석이 형한테 가르침을 받는 건 암만 생각해도 그른 것 같은데….

"그럼 저랑 밀리 한판만 해봐요. 지면 오늘은 밀리 가르쳐달라고 애원하지 않을 테니까. 어때요?"
"… 최승태, 네가 나를 이길 수 있겠냐. 내기를 해도 이길 가능성이 있는 내기를 해야지."
"후후, 그야 모르죠."
"뭐, 좋아. 가벼운 손 풀기 정도는 되겠지. 상대해주마."

… 이런 계기로 제자를 가르치기 귀찮아하는 스승과, 스승에게 시도 때도 없이 무보수로 배우고 싶어 하는 제자의 매치업이 간단히 성사되었다. 그동안은 원석이 형에게 잔소리를 들어가면서 배우기만 했지, 1:1을 해본 적은 단 한 번도 없었기에 나름 의미 있는 대결이라 할 수 있다. 나는 원석이 형의 옆자리에 앉아 게임 준비를 하였고, 게임은 시작되었다.

로스트템플에서의 프프전이라, 토스전은 공방 연습을 통해 많은 경험을 쌓긴 했지만, 아직도 감이 안 잡히는 종족전이다. 상대방도 나와 같은 종족이라 마찬가지로 같은 유닛을 사용한다. 그렇기에 맵에 따른 밸런스 유불리가 존재하지 않는 대등한 대결을 펼칠 수 있는 것은 정말 좋다.

게임 내용은 시간이 지나면 지날수록 내가 참담해지게끔 전개되었다. 초반에는 원석이 형의 다크템플러에 너무 휘둘려서 피해가 너무 심각했다. 본진에 캐논을 지어서 겨우 잡아내고 캐논 이어짓기로 앞마당까지 방어라인을 구축한 뒤에 앞마당에 넥서스 소환, 뭐 좀 해보려고 하면 하이템플러 드랍을 당해서 스톰에 내 프로브들이 계속 잡혔다.

난 앞마당밖에 안 먹었는데 원석이 형은 이미 나보다 멀티 숫자가 3개 더 많다. 그 멀티들을 부수려고 공격을 가보니 상대방 병력이 더 많아서 신나게 두들겨 맞으면서 본진으로 겨우 되돌아왔다. 나한테 정면 공격을 오지 않는 걸 보면 봐주고 있는 것 같기는 한데, 왜 이렇게 비참하다고 느껴지지!? 계속해서 격차는 벌어졌고, 더 이상의 플레이는 무의미하다고 느꼈다.

Yukhang : GG
Shadow : GG

"최승태, 몰라볼 사이에 확실히 실력이 좋아졌네."

원석이 형이 남은 단무지를 마저 먹어치우고 라면 국물을 입안으로 꿀꺽하며 마시더니 게임 후 소감을 내게 말하였다.

"내가 널 가르쳐주기 시작한 게 아마도 1학기 중간고사가 끝난 다음이었지? 그렇다면 내가 너에게 스타크래프트에 대해 가르쳐준 기간은 고작 해봐야 2개월이었던 것 같은데. 보통 사람들보다 실력이 굉장히 빠르게 늘고 있어. 좋은 현상이야."

사실 실력이 빠르게 늘고 있다는 것은 나도 스스로 느끼고 있었다. 혼자서 배틀넷에서 연습을 할 때도 그냥 아무 의미 없이 게임만 한 게 아니다. 게임에서 질 땐 왜 졌는지 반드시 분석한다. 상대의 플레이가 뭔가 새롭다고 느껴질 때는 리플레이로 저장해서 보기도 한다. 이런 마인드로 공부를 하면 반드시 미래에 훌륭한 사람이 될 텐데….

원석이 형이 바람을 쐬러 잠깐 바깥으로 나갔을 때였다. 갑자기 PC방 안으로 어떤 꼬마 하나가 들어오더니, 주위를 돌아보면서 누군가를 찾기 시작했다. 어디선가 본 적은 있는 것 같은데, 언제 봤더라…. 잠깐, 그러고 보니…. 저번 스타리그 결승전 때 잠깐 마른오징어하고 코카콜라 사 먹으러 슈퍼에 갔다가 길에서 저 꼬마와 마주친 적이 있었다. 분명히 내게 PC방 위치를 물어봤었지. 뭐, 아무렴 어때. 나랑 아는 사이도 아니고…. 나는 신경 쓰지 않고 배틀넷에 접속해서 연습이나 하기로 했다.

아직은 테란보다는 저그가 상대하기 더 쉬운 것 같은 느낌이 든다. 테란은 계속 시즈탱크와 터렛으로 방어만 하니 괜히 시간을 오래 끌고 해서 재미도 없는데, 저그 전은 뭔가 밸런스도 묘하게 맞는 것 같고, 좀 더 스릴감을 느낄 수 있는 것 같다. 나의 엄청난 재능으로 인해 공방 저그 유저는 안타깝게도 GG를 치고야 말았다. 그런데 아까부터 내 자리 뒤쪽에서 누군가가 계속 조잘대고 있는 것 같은 기분이 들었다.

"실력이 완전 형편없네. 마우스의 움직임도 둔해. 그러면서도 나이는 더럽게 많이 처먹었고."

… 뭐야, 설마 나한테 하는 소리인가? 뒤를 돌아보니 아까 그 꼬마였다. 전에 내게 길을 물어볼 때는 되게 예의 갖추는 척하더니 결국 이중인격을 드러내셨군! 그 꼬마는 어이가 없다는 듯이 날 째려보면서 말했다.

"원석이 형이 말했던 또 다른 제자라는 사람이 설마 이 녀석은 아니겠지. 정말 실망만 가득 차는군."

… 설마 이 녀석, 원석이 형을 아는 사람인가? 그리고 나보고 또 다른 제자라니? 꼬마가 내게 쌓인 게 많은지 말을 쉴 틈 없이 지껄이기 시작했다.

"제자가 한 명 더 생겼다는 말에 결승전 날에 호기심으로 강북에 놀러와 봤는데 말이야. 이제 보니까 그때 나한테 길을 이상하게 알려준 녀석이었잖아. 그 날 원석이 형과 김범진, 인제열 모두 내 전화를 받지도 않고 말이야. 다음 날에 원석이 형에게 한 번 더 전화해서 오늘 겨우 이 PC방에 도착하긴 했는데, 네 녀석… 마음에 안 들어. 지금 당장 나와 한판 해."
"잠깐, 너 도대체 누구야? 이름 정도는 알려줘야 할 것 아냐."
"내 이름은 강성진이라고 하지. 아마 들어는 봤을 텐데? 이제 그만 닥치고 어서 UDP로 방이나 들어오기나 해."

강성진… 예전에 시험공부 하러 도서관에 갔을 때, 원석이 형에게 전해 들었던 바로 그 녀석이다. 그래, 원석이 형의 첫 번째 제자가 바로 너였냐…. 아마 들은 대로라면 중학교 2학년, 나보다 한 살 아래다. 그런데 이 녀석은 뭘 믿길래 내게 반말을 하는지 모르겠다. 뭐, 내가 길을 잘못 알려준 건 맞는 말이다. 이 점에 대해선 화를 내야 하는 게 맞다. 지금은 이 녀석의 기분을 좀 이해해줘야겠군.

아마 이 녀석 준프로게이머일 텐데…. 여러 대회에서 우승할 정도의 실력이라면 분명히 내가 지겠지…? 이런 내 생각은 당연하게도 들어맞았다. 게임을 진행해보니 난 이 녀석을 도저히 이길 수가 없다는 것을 체감했다. 같은 프로토스라는 조건인데도 내가 하나씩 밀리고 있다. 원석이 형보다 강한 것 같지는 않은데, 하는 짓은 더 무자비

했다.

Yukhang : GG
Zera : GG

내가 져줘서(실력은 안 되는데 져야 하는 상황이어서) 약간 기분이 풀렸을지도 모르겠다… 이제 화해모드로 분위기를 전환할 수 있지 않을까 생각하고 자리에서 일어나 강성진한테 가봤는데…

"최승태, 우연히 원석이 형의 제자가 됐다고 계속 나대면 내가 가만두지 않겠어."

… 도대체 내가 뭘 어쨌다는 건가. 이 녀석은 내가 원석이 형의 제자가 되었다는 것에 너무 민감한 거 아냐? 어쨌든 나는 이 녀석의 비위를 맞춰주기 위해 게임 내용을 떠올려가며 온갖 아부를 다 하고 있는데, 잠깐 바람을 쐬러 나갔다 들어온 원석이 형이 이 광경을 보았다.

"어라, 강성진. 너 정말로 여기까지 찾아온 거야?"

강성진은 원석이 형을 보자마자 표정이 급변했다. 시시콜콜 화를 내며 따지던 모습은 어디로 가고 없었다. 이 녀석은 원석이 형에게 지금까지 있었던 일을 사실대로 말해버렸다. 내가 1주일 전에 내가 길을 대충 알려줬던 비하인드 스토리와 더불어, 막상 붙어보니 내 실력이 너무 최악이라 자기 맘에 안 든다는 주관적인 의견들… 어쨌든 저녁쯤에 지하철역까지 마중 나가서 되돌려 보내기는 했는데, 폭격만 신나게 당하고 제대로 된 대응을 못하니 영 느낌이 묘했다. 원석이 형이 나와 같이 인도를 걸어 PC방으로 되돌아갈 때 내게 중요한 사실을 하나 알려줬다.

"최승태, 강성진은 자기에게 지는 사람은 상대가 누구든 간에 형이란 말도 안 붙이고 반말만 쓰고 다니거든. 원래 얘가 좀 그런 게 있어. 네가 앞으로도 좀 이해해줬으면 좋겠다. 그런데 강성진도 꽤 잘하지?"
"네, 저보다 훨씬 잘하는 것 같아요. 저도 연습을 더 열심히 해서 강성진 정도의 실력을 쌓고 싶네요."
"이 페이스만 그대로 유지하면 문제없다고 봐."
"근데 강성진이 아까 하는 말을 들어보니까, 범진이 형과 제열이 형을 형이라고 안 부르던데…"
"그게, 자기보다 약하거든."

내가 원석이 형의 제자가 됐다는 이유, 단지 그 하나만으로 강남에서 강북까지 손수 찾아온 첫 번째 제자 강성진과 졸전을 펼친 그 다음날이었다. 워낙 순진하게 자란 나는 화창한 여름 날씨가 예상된다는 아침 뉴스 일기예보만 곧이곧대로 믿고 우산을 안 챙겼다. 그래서 오후 하굣길에 소나기를 실컷 쳐맞아가며 PC방까지 전력질주를 하게 되었는데, 기상청한테 제대로 뒤통수 맞은 기분이다. 히드라들이 하이템플러의 스톰 샤워를 당할 때도 이런 기분일 것 같다.

후우, 간신히 PC방으로 퇴각했다. 교복과 가방이 홀딱 젖었고 머리도 멋지게 망가졌지만, 조금 있으면 나의 스타크래프트를 향한 격렬한 사랑과 열정이 조만간 이 PC방 안을 뜨겁게 달굴 것이고, 그로 인해 발생하는 온기가 이 물기들을 서서히 말려줄 것이다. 그나저나 오늘도 왠지 느낌이 이상하다. 자리에 앉은 채로 혼자서 실실 웃으며 감상에 젖어있는 듯한 표정을 짓고 있는 원석이 형의 이런 멍청한 모습은 난생 처음이다. 의외의 행동에 나는 밀리를 가르쳐달라고 선뜻 요구하질 못했다. 나는 옆에 앉아 원석이 형의 팔을 툭툭 건들며 물었다.

"원석이 형, 혼자서 무슨 생각하고 계세요?"
"… 응? 아아, 갑자기 옛날에 있었던 일이 떠올라서 말이야. 그래, 옛날엔 이런 일이 있었지. 최승태, 한번 들어볼래?"

그런데 갑자기 예상치 못한 일이 벌어졌다. 원석이 형이 내게 어처구니없는 타이밍에 자신의 옛날이야기를 장황하게 꺼내기 시작했다. 나는 거부할 권리를 가지지 못했고, 억지로 원석이 형의 옛날이야기를 경청할 수밖에 없는 아이러니한 상황에 놓이고야 말았다. 아, 도대체 이러다 개인전 대회 연습 언제 해….

지금으로부터 2년 전, 최원석이 중학교 과정을 모두 마치고 고등학교에 새로이 입학했을 때의 얘기다. 중학생 때는 거의 놀기만 했으니 고등학생 때부터라도 열심히 공부해야겠다는 마음가짐을 갖고 있었던 최원석은, 고등학생이라면 누구나 거쳐 가야 할 과정인 야간 자율 학습이란 것을 처음 접하게 되었고, 그는 마침내 깨달았다.

'이건 인간이 견딜 수 있는 고통이 아니야…. 나는 자유주의 국가의 국민으로서 당당히 자유를 누리겠어!'

최원석은 그 다음날부터 야자를 무단으로 도주하는 발칙한 행동을 일삼게 되는데, 문제는 담임선생님이 벌을 아무리 주어도 마치 폭주기관차인 마냥 멈출 기미를 보이질 않는다는 것이다. 그의 부모님에게 이런 현 실태를 고발해도 마찬가지. 야자를 하기 전에 미리 특별단속을 해도 최원석은 이미 학교를 빠져나가고 없었으니, 그는 자연스레 학교 공부 분위기를 흐트러뜨리는 주범으로 낙인찍혔다.

행실이 이런데도 불구하고, 그는 재치 있고 유머러스하다 보니 사교성이 뛰어나 여러 친구와 자주 어울려 다녔다. 게다가 얼굴 또한 워낙 잘생긴 편에 속했기에, 여자애들이 옹기종기 모여 수다를 떨 때에도 최원석이란 이름이 자주 오르내리곤 했다. 단지 공부하기 싫어서 야자만 튈 뿐, 외모며 성격까지 모두 겸비한 고등학생.

어느 날 저녁에 있었던 일이었다. 최원석의 야자 도피 본능은 오늘도 여지없이 발휘되었다. 그는 저녁 급식의 유혹을 뿌리치고 조용히 가방을 챙겨 유유히 학교 본관 뒤편으로 빠져나왔다. 그는 조심스레 주위를 두리번거리며 빠른 걸음으로 학교 별관 건물이 있는 곳으로 이동했다. 학교 별관 건물 뒤편의 담장 높이가 다른 곳에 비해 현저히 낮다는 사실을 아는 사람은 학교 내에서 극히 드물었고, 최원석은 야자를 튈 때마다 항상 이 장소를 활용했다. 별관 뒤편에 도착한 그는 자신이 메고 있던 가방을 벗고 담장 반대편으로 그대로 던져 넘겼다. 이어서 담장에 두 손을 올렸고, 이제 팔에 힘을 실어 넘어가는 일만 남았다.

"최원석! 또 야간 자율 학습을 회피하려는 거냐?! 당장 현재 진행 중인 행동을 중단하라!"

그때, 평소처럼 쥐도 새도 모르게 빠져나온 그를 미행한 자가 하나 있었고, 그 자는 남성의 목소리를 내며 담장을 넘는 것을 막으려 들었다. 같은 교복, 바가지 머리, 작은 키, 안경. 최원석은 별로 놀라지도 않았다는 듯이 덤덤한 얼굴로 그를 째려보며 말했다.

"뭐야, 누군가 했더니 우리 반 반장이잖아…. 선도부도 아니면서 웬 모범 짓? 얼른 반으로 돌아가서 급식이나 먹지 그래?"
"야간 자율 학습을 상습적으로 무단이탈하는 행위는 엄연히 풍기문란에 해당한다! 최원석, 당신의 이런 무례한 행동이 교내 학생들의 공부 의욕저하를 유발시킨다는 사실을 인지하지 못하는가!? 본인, 이제홍은 이 학교의 기강을 정립할 목적을 보유한 선인, 의사소통으로 조율이 안 된다면 무력을 사용해서라도 금일만큼은 당신의 불량행위를 결사 저지하겠다!"
"푸하핫… 평소에도 열심히 공부만 하고 있길래 말 섞을 기회가 없어서 잘 몰랐는데, 꽤 웃긴 녀석이었네. 그래, 어디 한번 막아봐."
"자, 진격한다!"

이제홍이 그대로 진격(?)하며 정면을 향해 주먹을 날리자, 최원석은 가볍게 옆으로 피하며 자연스럽게 등 뒤로 접근해 자신의 팔로 그의 목을 감쌌다. 천천히 목을 조이자 이제홍은 숨 막힌다는 듯 켁켁대며 자신이 받는 고통을 적나라하게 표현하였다. 최원석은 그의 이런 우스꽝스러운 추태를 은근히 즐기고 있었다.

"어떻게 할래, 반장? 나 보내줄 거야, 아니면 계속 이렇게 당할 거야?"

조임을 약하게 하고는 장난기 있는 목소리로 협박하는 최원석과,

"하, 항복! 본인의 무례를 용서해줘! 본인을 해방시켜준다면 오늘 실행한 잘못은 재차 반복하지 않겠다!"

아까와는 180도 달라진 태도를 보이는 이제홍. 헤드락이 풀리자마자 그는 풀밭에 주저앉으며 거친 숨을 빠르게 내뱉었다. 최원석이 그를 바라보며 씨익 웃더니 무릎을 접어 앉으며 말했다.

"저기 말이야, 반장. 이름이 이제홍이라고 했었나?"
"……."
"이제홍, 너는 내가 왜 야자를 째는지 알고 있어?"
"자율 공부를 수행하는 것에 거부감이 가득한 것 아니냐? 당연한 내용을 본인에게 질문하는군."
"아아, 내가 말실수를 했네. 먼저 이걸 물어봐야겠구나. 내가 야자를 째면 남는 시간에 뭘 하는지 알아?"
"파악하기엔 고난이도, 짐작 불가능이다."
"스타크래프트, 알지? 그 게임하러 PC방에 가고 있어."

"… 최원석, 야간 자율 학습을 회피 명분은 그 이유만으론 용납이 불가능하다."
"그 게임을 하는 목적이 내가 갈망하던 꿈을 이루기 위해서라고 한다면 어떨까?"
"오락으로 이상을 성취한다니… 프로게이머란 직업을 획득하겠다는 의미인가?"

최원석은 이를 부인하듯 고개를 가로저었다. 꿈을 이루기 위해서 게임을 한다는데 프로게이머가 아니면 도대체 무엇일까…. 이제홍의 머리로는 도저히 알 수가 없었다.

"이제홍, 나는 말이야…. 언젠가 전설이 될 거야."

바로 이것이, 최원석이 담장을 넘기 전에 남긴 의미심장한 말이었다.

　　　그 사건 이후로, 최원석은 학교 쉬는 시간마다 이제홍과 대화를 나누는 빈도가 현저히 증가했다. 그는 보통 학생들과는 다른 자신의 일상을 여지없이 털어놓곤 했는데, 이러한 행동이 자신의 수업 복습에 방해가 된다는 것을 인지하면서도, 이제홍은 언짢은 기색 없이 그의 수다를 전부 들어주곤 했다. 학교 시험에서 우수한 성적을 거두는 것보다 스타크래프트 대회 입상을 더 중요하게 생각하는 사람, 이제홍은 최원석의 이런 마인드가 굉장히 특이하다고 생각했다. 오늘도 역시 먼저 다가간 것은 최원석이었다. 그는 전단지를 들고 오더니 이제홍에게 야단법석이다.

"제홍아, 속보야, 속보! 2주 뒤에 4:4 팀플레이 대회가 개최된대! 개인전 대회는 그동안 많이 열려왔지만, 팀플레이 대회는 유례가 없지. 우승 상금도 엄청나고 말이야! 그런 연유로 범진이랑 제열이랑 같이 4:4 팀플레이 대회에 나가보려고 하는데, 아는 지인이 없어서 걱정이다. 아, 이걸 어째! 정말 큰일이네."
"본인이 가세하길 갈망한다. 최원석, 본인의 희망 사항을 수락해줘."
"… 응? 너 스타크래프트 할 줄 알아?"
"본인은 스타크래프트를 무경험 했단 발언은 발설한 적 없어. 테란 임무를 브루드 워까지 완료한 경험을 보유 중이야. 실력은 미약하겠지만 보탬이 되고 싶어. 당신이 일상에 대해 발설할 때마다 항상 언급했던 소중한 동료들, 김범진이나 인제열과도 접촉해보고 싶었다."
"푸픕…. 제홍아, 한자어를 적극 활용하는 건 너의 말 습관이라 이해는 해주겠지만…. 당신이란 말은 좀 듣기 그렇다. 그 단어는 웬만하면 자제해줘. 아, 생각하면 할수록 웃기네. 하하하…."
"… 알았어, 적극적으로 수용하여 개선할게."

"그래, 브루드워 미션까지 깨봤단 말이지…."

최원석은 주말에 이제홍과 동행하여 번화가의 PC방으로 이동했다. 오늘도 한 자리씩 차지하여 어김없이 스타크래프트 밀리 연습 중이었던 김범진과 인제열은 뜻밖의 손님의 등장에 내심 놀랐다. 최원석이 중간에서 지켜보는 가운데, 이제홍의 자기소개가 이어졌다.

"본인의 성명은 이제홍, 최원석과 동일한 학교의 학생이야. 아직 스타크래프트 경험은 미숙하나 팀플레이 대회에 가세하여 보탬이 되고 싶어. 차후 원활한 관계가 유지되었으면 한다."

김범진과 인제열은 소개말을 듣더니 한결같이 벙찐 표정을 감추지 못했다. 순간 한 차례 침묵이 흘렀고, 인제열이 갑자기 웃음을 터뜨리기 시작했다.

"품…. 푸하하하하하! 아, 그래. 우리도 소개해야겠지!? 내 이름은…. 아니, 본인의 성명은 인제열이야! 푸품…. 하하하하하핫!"

"아하, 제가 팀플레이 대회 멤버로 합류하기 전엔 그 이제홍이란 형이 같이 대회에 참가하고 있었군요!"

일화를 끝까지 들은 나는 센스 있게 맞장구를 쳐주며 원석이 형의 흥을 돋구었다. 이렇게까지 해줬으니 이제 밀리 가르쳐달라고 부탁하면 들어주겠지?

"원석이 형, 이제 밀리 좀 가르쳐 주…."
"아아, 신나게 얘기했더니 피곤하네. 한숨 잠이나 자야겠다~"

원석이 형은 의자에 눕더니 그대로 뻗어버렸다. 하아…. 오늘도 이렇게 단념할 수밖에 없나…. 나는 분한 마음을 삭이며 원석이 형의 자리 아래에 놓여있는 우산을 단숨에 훔친 뒤 서둘러 집으로 귀가했다.

기말고사마저 끝나고 조만간 여름방학을 앞두고 있어서인지, 학교 반 아이들은 수업 시간을 잠을 자는 시간으로 활용하였고, 선생님들마저도 교육에 대한 열의가 줄어들고 있던 시점이었다. 선생님이 수업 시간에 노트북을 가져와서 학생들에게 영화를 보여주기도 하는데, 안타깝게도 나는 전부 봤던 것들뿐이라 도리어 지루함만 가득했다.

굉장히 무료하게 시간을 보내고 어느덧 4교시가 되었다. 나이 지긋하게 드신 남자 과학 선생님이 노트북 하나를 들고 앞문을 통해 들어온다. 과연 과학 시간에는 무엇을 하려나…. 다른 과목 선생님들과 다르지 않게 영화나 한편 틀어주지 않을까…. 나는 그렇게 누구나 할 수 있는 추측을 하고 있었는데, 시간이 조금 흐르자 나는 도저히 내 눈을 의심하지 않을 수 없었다. 선생님이 노트북을 TV에 연결했을 때, TV 화면에 나타난 것은 영화가 아닌 스타크래프트 메인 화면이었다.

혼자서 로스트템플에서 컴퓨터와 1:3을 해서 이기는 모습을 보여주겠다고 당당하게 선언하시는 과학 선생님. 이에 스타크래프트를 즐기는 반 남자아이들은 일제히 환호성을 질렀다. 그나저나 학교라는 교육의 현장에서 선생님이 이렇게 게임을 해도 되는 거야…? 워낙 컬쳐 쇼크라 내 머릿속이 엄청나게 혼란스러워졌다.

게임 내용은 그다지 볼 것 없었다. 과학 선생님이 처음에 SCV 하나를 빠른 타이밍에 컴퓨터 진영에 보내서 건물을 한 번 두들기고, 컴퓨터가 조종하는 모든 일꾼들이 막으러 나올 때 도망쳐서 유인하는 식으로 세 컴퓨터를 바보로 만들었다. 그러더니 마지막엔 뒤늦게 뽑은 고스트를 클록킹하여 컴퓨터 진영으로 보낸 뒤, 핵으로 쇼맨십을 펼치고 마무리가 되었다. 게임은 10대와 20대가 즐기는 컨텐츠로 인식되고 있는 이 마당에, 어른들도 스타크래프트를 즐기고 있다는 것을 처음 안 순간이었다.

아아, 오늘 급식 반찬은 정말 최악이다. 도저히 급식만으로는 버틸 수가 없어! 나는 매점에 가려고 복도를 걷고 있었는데, 2학년으로 보이는 중학생들이 박준영을 구석에 몰아 타원형으로 둘러싸고 스타크래프트에 대해 이리저리 물어보는 광경을 목격했다. 박준영이 2학년 중에서 스타크래프트를 가장 잘하는 사람을 이긴 것인지 어떤지는 잘 모르나, 어쨌든 자신의 실력을 친구들에게 보여준 것은 틀림이 없었다.

"아, 승태 선배!"

그냥 조용히 지나가려던 나를 어떻게 발견한 것인지는 참 의문이다. 박준영이 인간 포위망을 돌파하며 내게 다가오더니, 자기는 개인전 대회 신청서를 제출하고 나니 벌써부터 떨리기 시작한다며 심정을 토로한다. … 잠깐만, 그러고 보니 이번 개인전 대회는 미리 참가 신청서를 내야 하는 거였나…?

"박준영, 그런데 개인전 대회… 신청서 언제까지 내야 하지?"
"… 설마 참가한다고 해놓고서 신청하지 못하셨습니까? 내일 저녁 6시가 마감인데."

오호, 내일까지라면 난 상관없다. 나는 사실 여유를 잘 부리는 편이다. 어찌 됐든 내일 가서 내면 되지 않은가. 나는 이미 귀찮음에 시달려 이런 일에도 별로 당황하지 않는다. 그런데 조금 전 광경을 보고나니 갑자기 내 머릿속에 엉뚱한 생각이 스쳐 지나갔다. 갑자기 학교 안에서 스타크래프트를 가장 잘하는 사람, 즉 전교 1등을 알고 싶었다. 물론 목적은 그를 이겨서 나도 한번 박준영처럼 위세를 떨쳐보려는 속셈이다. 박준영이 이에 대해 잘 알고 있었는지 내게 설명해주었다.

"스타크래프트 전교 1등이라 하면 3학년 5반의 김정환 선배입니다. 1년 전에 학교 축제 때 열렸던 스타크래프트 대회에서 입상한 경험이 있습니다. 그 이후로 실력을 인정받게 됐죠."
"김정환이라, 3학년으로 새로 입학할 때 한번 들어본 적은 있었지. 그때는 스타크래프트를 별로 하지 않아서 흘려들었던 것 같다. 아무튼, 그 녀석이 제일 잘한다고!?"

나는 학교 종례가 끝난 직후에 곧바로 3학년 5반으로 쳐들어갔다. 하지만 3학년 5반은 이미 우리 반보다도 종례가 빨리 끝나 이미 해산한 상태였으며, 나는 내 뒤를 따라온 박준영한테 추가로 정보를 얻었다. 박준영의 말대로라면, 김정환은 내가 원석이 형을 만난 PC방에서 별로 멀지 않은 PC방에 있다고 한다. 박준영도 별로 스케줄이 없었는지 나와 동행하기로 했다.

"김정환 선배는 프로토스 유저로서, 초반에는 공격적인 성향을 보인다고들 합니다. 선배가 중반까지만 어찌어찌 버티면서 멀티를 천천히 가져가면 아마 김정환 선배도 스스로 당황할 겁니다."

박준영의 조언을 듣다 보니 어느샌가 김정환이 주로 이용하는 PC방에 도착했다. 들어가 보니 에어컨 바람이 적절하게 내 땀방울을 증발시켰고, 나는 감회가 새로움을 아주 약간 느낄 수 있었다. 박준영이 앞장서서 PC방을 돌아다니면서 김정환을 대신 찾아주고 있었다.

"저기 있는 것 같군요."

약간 떨어져서 지켜보니 그는 스타크래프트를 하는 중이었다. 풍채는 스타크래프트의 공격적인 성향과 비슷하게 우람한 체격에 무서운 인상을 갖고 있었다. 딱 봐도 애는 좀 노는 애다 싶은 생각이 들 정도다. 박준영이 어서 가보라는 눈치로 지켜보고 있어서 어쩔 수 없이 당당하게 가서 말을 전달했다.

"저기, 너 김정환 맞지? 나하고 한판 해보지 않을래? 나도 같은 중학교 3학년이야. 사실은 네가 잘한다는 소문을 듣고 와서 한 수 좀 배워보려고 왔는데, 어떻게 안 될까?"
"뭐, 내가 잘하긴 잘하지. 다만 도전을 받아주는 대신 조건이 하나 있어. 만원빵 내기 어때? 싫음 말고."

만원 내기!? 내가 질 가능성이 적지 않은 이 대결… 당당하게 내기를 받아들여야 하나? 내기를 하는 건 좋아하지 않지만 난 이 녀석과 붙어보고 싶은 마음만큼은 간절했다. 그래, 한번 해보자… 이 기회에 내 실력을 증명해보이겠다. 김정환은 Lastfriend라는 아이디를 쓰고 있는 것 같다. 나보다도 먼저 UDP에서 방을 미리 만들어두고 있었는데, 물론 종족은 박준영이 알려준 대로 프로토스이다.

"선배, 힘내시길 바랍니다!"

박준영은 그렇게 말하고는 구경도 안 하고 마침 잘됐다는 듯이 자기도 한 자리 골라 앉아서 게임 중이다. 웃기지도 않는 녀석… 어쨌든 게임은 시작되었다. 맵은 로스트템플, 나는 프로토스로 12시 진영이다. 8/9에 파일런부터 올린 뒤에 프로브로 정찰을 가야겠다고 생각했다. 예전부터 연습하면서 느껴온 것이지만, 첫 게이트까지 워프하고 프로브를 정찰 보내는 것은 파일런 워프 정찰보다 자원량 수급이 더 좋지만, 그래도 정찰이 무엇인가! 상대방의 위치와 전략을 파악하는, 현대 전쟁에서 가장 중요시되는 정보전의 역할을 담당하는 것이다. 나는 그런 생각 때문에 항상 파일런 워프 이후 정찰을 선호하고 있다.

… 상대는 내 위치와 엄청나게 가까운 2시 진영의 프로토스이다. 우선은 2게이트를

건설하여 질럿을 뽑아 입구부터 방어하자는 생각을 했다. 그런데 첫 질럿이 나오기도 전에 내 12시 진영에 정찰 온 김정환의 프로브가 내 본진 가스에 어시밀레이터를 짓는 것이 아닌가.

흔히 가스러쉬라 불리는 이것은 자신의 미네랄 100을 소비하는 대신 상대방의 가스타이밍을 늦춰서 자신이 좀 더 빠르게 빌드오더를 올려 테크트리의 우위를 보자는 전략이다. 나는 어쩔 수 없이 프로브들로 서서히 워프 되고 있는 상대방의 어시밀레이터를 두들기면서, 한편으로는 어찌어찌 모인 3 질럿들로 바로 2시 진영 입구로 러쉬를 가봤으나, 이미 김정환도 질럿을 여럿 뽑아놔 자신의 입구를 막아둔 상태였다. 입구를 돌파하는 건 무리수, 결국 난 가스 싸움에서 밀리게 된다.

이런 상황이므로 어쩔 수 없이 내 질럿들을 본진으로 귀환시켜 입구를 막게 하고, 뒤늦게 상대방의 어시밀레이터를 부순 뒤, 어시밀레이터와 코어를 올리면서 빌드를 따라갔다. 상대방은 분명 나보다 테크트리가 빠르기에 테크트리를 이용한 승부를 할 것이니… 김정환이 리버를 사용할 가능성도 있겠지만, 내가 대비를 못했을 때 바로 끝이 날수도 하는, 패스트 다크템플러를 사용할 가능성이 더 높아 보인다.

흐흐, 상대는 역시 빠른 다크템플러였다. 내 입구에 당도한 다크템플러 2기는 미리 입구에 지어둔 캐논을 보고 도망쳤다. 나는 추가로 로보틱스를 지어 옵저버를 생산하였으며, 입구 아래로 병력을 내려보낸 뒤에 곧바로 12시 앞마당에 넥서스를 소환시켰다. 그리고는 3게이트에서 계속 드래군만 뽑아댔다.

내가 열심히 앞마당을 돌리고 있을 때 상대방의 발업질럿과 아칸 1기, 다크템플러 2기가 갑작스레 침투해 들어왔고, 나는 원석이 형에게서 들은 조언을 활용하여 드래군들로 먼저 대형 유닛인 아칸부터 일점사하여 제거해버렸다. 그 이후엔 치고 빠지기 컨트롤로 대응해주니 김정환도 병력을 빼지 않을 수 없었다.

나는 사실 12시 미네랄 멀티를 몰래 먹어둔 상태다. 다행히도 상대는 모르는 듯했다. 이런 플레이도 원석이 형한테 전수받은 것으로, 로스트템플에서 유일하게 12시 미네랄 멀티만이 외딴 곳에 위치해있어서 몰래 멀티 하기 좋다는 것이다. 나는 쌓이는 자원을 바탕으로 계속 발업질럿과 드래군을 모으는데, 멀티 숫자상 지금은 내가 유리하다!

김정환은 아까의 교전 이후로 좀처럼 바깥으로 나오지 않는 것 같다. 아마도 병력을 계속 모으고 있는 것 같다. 다행히도 나의 12시 미네랄 멀티는 모르고 있는 것 같은데 이대로만 상황이 흘러간다면 내가 이길 것이 뻔하다. 잠깐⋯. 김정환이 이렇게 순순히 앞마당만 먹고 무식하게 병력만 모으고 있을까? 뒤늦게 확인해보니 김정환은 미리 6시 스타팅 멀티를 가져간 채였다.

그렇다고 내가 6시 스타팅 멀티로 공격하기에는 더할 나위 없이 조건이 안 좋다. 왜냐하면, 무리하게 6시 멀티를 치다가는 김정환이 내 본진 빈집털이를 할 게 너무나도 당연하기 때문이다. 나는 그래서 차선책을 택했다. 8시 스타팅 멀티로 프로브를 보내 입구 쪽에 캐논들을 소환한 후에 8시 멀티를 가져가고 있었는데, 이때 김정환의 병력들이 뛰쳐나왔다.

그것은 질럿과 드래군으로만 이루어진 대부대였는데⋯. 끊임없이 줄줄이 오면서 내 앞마당에서 교전하려 든 것이다. 나는 캐논에 의지해 최대한 막아내려고 했으나 중과부적이었다. 어쩔 수 없이 내 병력들을 본진 언덕으로 퇴각시켰고, 이에 12시 앞마당 넥서스가 파괴되고 말았다. 하지만 나는 당황하지 않았다. 전에도 말했지만 나는 여유 있는 사람이라고 하지 않았던가.

앞마당이 파괴되었다고 해도 내 멀티는 12시 미네랄 멀티와 8시 스타팅 멀티가 있었고, 상대도 2시 앞마당 멀티와 6시 스타팅 멀티를 가지고 있으므로, 내 앞마당이 파괴되었어도 여전히 멀티 숫자는 동일하다. 내겐 아직 희망이 있다는 뜻이다. 약간 컨트롤이 귀찮기는 해도 사이오닉 스톰이란 마법을 가지고 있는 하이템플러를 다량 생산했다. 이 유닛이 이번에는 도움이 될 것 같은 생각이 들었다.

옵저버로 내 본진 언덕 아래쪽을 정찰해본 결과, 김정환이 내 언덕 아래쪽을 학익진으로 포위하고 있었다. 김정환의 드래군 숫자가 장난 아니게 많았기에 나는 도저히 내려갈 엄두가 나지 않았다. 어떻게 돌파할까 하고 유심히 생각하다가, 결국 셔틀 나르기 신공을 활용하기로 마음먹었다.

본진에 갇혀있는 내 지상유닛들을 12시 미네랄 멀티 쪽에다 셔틀 1기로 계속 운반해서 별동대를 편성, 본진 병력들까지 가세해 내 본진 입구 아래에 진을 치고 있는 적들을 협공하려는 게 내 생각이다. 물론 하이템플러 유닛들은 전부 다 미네랄 멀티 쪽으로 옮겨됐다. 좁은 입구로 내려오면서 스톰을 쓰는 것보다 평지 쪽에서 달려들 며 스톰을 쓰는 것이 더 편하다는 생각이 들었기 때문이다.

좋아, 내 앞마당 근처에 있던 상대의 병력들이 내 전략에 역으로 포위를 당하여 모두 괴멸 당했다. 나는 그 기세를 타서 발업 질럿들로 하여금 김정환의 6시 스타팅 멀티를 공격하게 하고, 나머지는 중앙에서 진형을 갖춰 2시 앞마당 쪽에서 나올 김정환의 병력들을 대비하기로 했다. 내 발업 질럿들은 6시 스타팅 입구에 배치된 캐논들을 무시한 채 그대로 들어가 김정환의 넥서스를 파괴했다.

그런데 그때였다. 내 12시 미네랄 멀티가 어떤 정체불명의 유닛들에게 공격을 당하고 있었다. 지상병력끼리 힘 싸움을 하는 상황에서 떡하니 캐리어 4기가 등장한 것이다. 프로토스의 최후의 병기인 이것들의 위력은 장난이 아니다. 정말 순식간에 12시 미네랄 멀티가 파괴당했다. 김정환의 캐리어 4기는 내 본진인 12시 스타팅을 향해 순항하기 시작했다.

김정환은 나도 모르는 사이에 5시 섬 멀티를 미리 먹어뒀었다. 5시 섬 멀티에 그대로 스타게이트를 지었고, 이곳에서 캐리어를 생산한 것이다. 내 드래군들은 모두 본진으로 후퇴한 뒤 캐리어에게 최대한 저항하며 시간을 끌어보려 했다. 엄청난 숫자의 인터셉터들을 뒤로 하고 계속 캐리어 본체를 타격하려고 노력해봤는데, 그럴 때마다 자꾸 캐리어가 언덕 지형 바깥으로 도망쳐버리니 격파가 쉽지 않다. 지형을 활용한 괴롭힘은 자신의 캐리어들이 다 파괴되기 전까지는 멈추지 않을 생각인 것 같다.

하지만 내게도 따로 생각은 있다. 이렇게 하면 김정환은 당황하다 저 캐리어를 다 잃게 될 것이다. 난 본진에서 수비 중인 드래군 병력의 절반을 몰래 12시 미네랄 멀티 쪽으로 이동시켰다. 그러면서 본진에 있던 드래군도 앞으로 진격, 언덕 아래와 언덕 위의 드래군들이 캐리어 4기를 사방에서 공격하였다. 캐리어들은 우왕좌왕 헤매다가 결국 모두 격침당했다.

Last friend has left the game.

뭐지, GG도 안치고 나가버리네. 하여튼 이겼다…. 우리 학교에서 가장 잘한다는 녀석을 이기고 나니 나도 참 놀라운걸. 원석이 형이 그동안 내게 가르쳐준 것들이 지금에 와서 빛을 발휘하고 있다는 느낌이 드는 건 나 혼자만의 착각일까.

"아, 씨! 제기랄! 거참 키보드 XX 안 눌리네!"

예의상 수고했다는 인사를 하러 그에게 찾아갔는데, 이미 마우스는 집어 던져버린 지 오래고 키보드 자판을 주먹을 불끈 쥐고 여러 번 내려치는 모습을 보니 무서워서 말을 못 걸겠다. 얼마나 분했으면 몸을 저렇게 부르르 떨고 있을까…. 흥분을 전혀 제어하지 못하고 있는 것 같았다. 그는 자리에서 일어나더니 사나운 얼굴로 날 쳐다보며 말했다.

"야, 나 자리 바꾸고 게임 다시 해!"

김정환은 씩씩거리다가 자기 지갑에서 만 원짜리를 꺼내 약속대로 내게 내밀었다. 이에 난 거부의 의사를 분명히 밝혔다.

"미안, 돈은 받을 수 없어."
"… 뭐라고? 왜 안 받는 건데? 네가 이겼잖아?"

다시 한다라…. 그래, 이 녀석 말대로 다시 게임을 하는 것도 나쁜 건 아니다. 하지만 다시 했는데 내가 또 이긴다면…. 녀석의 기분을 달래기는커녕 문제가 걷잡을 수 없이 더 커질 게 분명하다. 여기선 다른 방법이 필요하다. 나는 돈을 받지 않는 이유부터 차근차근 말했다.

"난 사실 처음부터 돈 내기는 하고 싶지 않았어. 단지 내 실력 수준이 어느 정도인지 궁금해서 전교 1등인 너와 대결을 해보고 싶었던 것뿐이야. 아, 물론 내가 졌으면 너한테 돈을 줄 생각은 있었으니까 이 점은 오해하지 말고…. 그리고 지금 너무 흥분한 것 같은데 마음을 좀 가라앉혔으면 좋겠어."
"……."
"그건 그렇고 너 정말 잘한다. 캐리어 컨트롤도 정말 대박이었어. 방금 게임은 내가 운이 많이 따라서 이겼던 것 같네."

나의 보통 해본 솜씨가 아닌 과도한 칭찬에 김정환의 기세가 점점 수그러들었다. 그는 내 교복에 달린 명찰을 한번 훑어보더니 물었다.

"최승태…. 너 이름이 최승태냐?"
"응."

"전혀 들어본 적이 없는 이름이네. 몇 반인데?"

"3학년 4반. 바로 너 옆 반이야."

"난 지고는 못 사는 성격이지만, 오늘은 내 컨디션이 많이 안 좋은 것 같으니까…. 다음에 다시 한판 붙자. 그때는 절대 지지 않을 거야."

"그, 그래."

"오늘 한 대결은 비공식이니까, 다음에 정식으로 전교 1등를 가려보자, 두고 봐!"

어라, 이건 정식 대결이 아니었나…? 왠지 모르게 전교 1등을 내게 내주게 되는 상황을 회피하고자 하는 의도가 숨어있는 듯하다.

"역시 선배가 이길 것이라고 전 확신하고 있었습니다."

김정환과의 숨 막히는 대결 이후, 같이 PC방을 빠져나온 박준영이 그렇게 말했다. 그런데 그다음에 하는 말이 약간 압박적이었기에 나는 당황할 수밖에 없었다.

"사실 우리 학교에서 스타크래프트를 가장 잘하는 사람은 김정환 선배가 아닙니다. 김정환 선배는 공식적으로 가장 잘한다는 소문이 자자했던 것뿐입니다. 아마 선배는 잘 모르시고 있을 겁니다. 학교 안에서 진짜로 가장 잘하는 숨은 고수에 대한 이야기를 말입니다. 바로 3학년 8반의 강초원이란 선배입니다. 한때 김정환 선배가 강초원 선배에게 도전장을 내밀었다가 바로 안드로메다로 여행을 가게 되었다고 하는 일화가 전해지고 있습니다. 이건 정보력이 뛰어난 저밖에 모르는 1급 기밀 정보입니다."

"강초원? 그 녀석이 그렇게 잘한다고?"

"네, 현재 준프로게이머입니다. 종족은 프로토스이고, 아이디는 Darkness를 쓰고 있습니다. 그런데 강초원 선배는 실력을 드러내는 것을 원하지 않는 것 같더군요. 학교 대회에도 참가해본 적이 없으며 친구들하고는 스타크래프트에 관련된 잡담조차도 하지 않는답니다. 말 그대로 숨은 고수입니다."

준프로게이머라, 강성진과 비슷한 레벨을 가진 녀석이 우리 학교 내에 숨어있다니…. 준프로게이머 수준이라면 내가 상대하긴 쉽지 않겠다. 그래도 종족이 나랑 똑같은 프로토스라서 그런지 플레이하는 걸 구경해보고 싶긴 하네. 무슨 뾰족한 수가 없을까? 형들한테 가서 한번 물어보고, 모른다고 하면 같이 인터넷을 한번 뒤져봐야 할 것 같다.

박준영과 헤어진 나는 바로 원석이 형이 위치한 PC방으로 직행했다. 저녁 시간대여서 그런지 원석이 형뿐만 아니라 범진이 형, 제열이 형의 모습도 보였다. 나는 형들에게 강초원이란 숨은 고수에 대해 알고 있는지 물어봤는데, 다들 한결같이 모르는 눈치였다. 이에 우리는 원석이 형 자리에서 스타크래프트 커뮤니티 사이트에 접속하여 여러 키워드로 검색을 해봤다.

"어라, 있네. Darkness란 아이디. 리플레이가 딱 하나뿐이네."

원석이 형이 손가락으로 가리킨 게시물은 강초원의 아이디인 Darkness가 올린 리플레이였다. 원석이 형은 리플레이를 스타크래프트 Replays 폴더로 옮긴 뒤 그대로 재생시켰다.

"꽤 잘하는 것 같긴 한데, 이 리플레이만 봐서는 이 녀석의 실력을 정확히 알 수는 없지."

원석이 형이 전체적인 게임 내용을 쭉 지켜보더니 마지막에 그렇게 말했다. 제열이 형과 범진이 형도 아까부터 좌우에서 같이 지켜보고 있었는데, 둘 다 경악을 금치 못했다. 하지만 두 사람이 경악을 한 이유는 각자 다르다. 범진이 형은 강초원의 컨트롤을 보고 놀랐고, 제열이 형은 강초원의 센스를 보고 놀랐던 것이다. 이와는 대조적으로 원석이 형은 그다지 놀란 기색은 없었다. 원석이 형이 갑자기 누군가에게 핸드폰으로 전화를 걸었다.

"원석이 형, 누구에게 전화하시는 거예요?"

원석이 형은 의미심장한 미소를 살짝 보이고는 핸드폰을 닫은 뒤 내 물음에 말했다.

"강성진 정도라면 아마 이 녀석을 테스트해볼 수 있겠다고 생각했지. 최승태, 내일 학교 수업 마치면 강성진하고 같이 강초원이 자주 들리는 PC방으로 가도록 해. 강성진은 이곳 지리를 잘 모르니까 말이야."

—

다음날 오후, 나는 원하지 않았지만, 원석이 형의 명령에 따라 강제적으로 동행하게 되었다. 바로 다름 아닌 강성진과 말이다. 강초원이 위치한 PC방을 찾아가는 동안 나는 강성진에게서 별의 별 욕설을 들었다. 도대체 실력은 형편없는데 어떻게 원석이 형의 제자가 됐냐느니, 원석이 형의 제자가 됐다고 동네 곳곳에 자랑하고 다니지 않냐느니, 대강 이런 얘기였다. 나는 강성진의 지독하고도 무자비한 비하 발언에 필사적으로 계속 받아쳐가면서 겨우 강초원이 위치한 PC방에 찾아갈 수 있었다.

이 PC방은 면적이 좁아서 그런지 매우 한적하다는 게 특징인 것 같다. 우리가 강초원의 얼굴은 알 턱이 없지만, 나와 같은 교복을 입고 있었기에 그를 찾는 것은 어렵지 않았다. 강초원은 매우 수려한 외모에 하얀 피부, 적절한 키에 적절한 몸무게…. 어쨌든 한 번도 보지도 못한 미소년 정도의 모습을 하고 있었다. 보아하니 웹서핑 중인 듯하다. 강성진은 의기양양하게 자신감 넘치는 표정으로 그에게 다가갔다.

"야, 네가 그 말로만 듣던 강초원이냐?"

… 강성진 이 녀석, 분명히 학교 도덕 점수는 0점일 게 뻔하다. 안면도 없는데다 강초원 쪽이 한살 더 많은 것을 아는데도 아주 자연스럽게 반말을 구사하고 있다. 강초원은 고개만 옆으로 돌린 채 짤막하게 대답하면서 그를 무덤덤한 얼굴로 쳐다봤다. 강성진이 계속해서 말을 이어나갔다.

"난 준프로게이머 강성진이다. 내가 누군지 모른다곤 하지 않겠지? 워낙 유명하신 몸이니까 말이야."
"응, 소문은 익히 들어서 잘 알고 있어. 근데 나한테 무슨 일이야?"
"나와 한판 해줘야겠어. 누가 더 강한지 오늘 결판을 내자고."
"난 네가 이렇게 직접 찾아올 만큼 강하진 않은데…. 어쨌든 한번 붙어보자. 저쪽 자리에 앉아주지 않을래? 서로 보면서 하면 안 되니까."

자만하는 준프로게이머와 예의 바른 준프로게이머…. 실력으로 인정을 받은 이 존재들이 지금 이 자리에서 대결하려 하고 있다. 누가 더 뛰어난 실력을 갖추고 있는지는 지금 이 승부로 판가름 나겠지. 강성진이 자리에 앉아 대결을 준비하는데 혹시나 오기로 인해 게임을 그르치진 않을까 내심 걱정이 된 나는 옆에서 조언삼아 말했다.

"강성진, 어제 강초원의 리플레이를 봤었는데 보통 실력은 아니야. 범진이 형하고 제열이 형도 보고 놀랄 정도라고. 절대 방심하지 마."

"풋, 최승태. 나한테 김범진과 인제열은 허접 그 자체야. 허접들이 놀라는 게 나랑 뭔 상관이야?"

아니, 이 녀석은 도대체가 걱정을 해줘도 이런 반응이니… 에라, 모르겠다. 그냥 닥치고 조용히 게임이나 지켜보자. 맵은 로스트템플이고 강성진은 8시, 강초원은 12시 진영이었다. 대각선 위치는 아니지만 러쉬 거리가 어느 정도 있었기에 둘 다 1게이트 플레이로 시작하였다. 강성진은 드래군 사업을 누른 뒤에 자기 본진에서 정찰하고 있는 강초원의 프로브를 첫 드래군으로 잡자마자 아둔을 올렸다. 보아하니 초반부터 다크템플러를 활용하려는 모양이군.

드래군 사업을 찍고 나서 절차를 밟는 것이니 다크템플러가 나오는 타이밍이 빠른 편은 아니다. 강성진은 다크템플러로 우선 찔러보고 이게 통하지 않아도 다른 전략으로 전환하려는 생각을 하는 것 같다. 이윽고 강성진의 다크템플러 2기가 출현하자마자 강초원의 12시 본진을 향해 달려갔다. 다크템플러 1기는 2시 미네랄 멀티에 대기, 나머지 1기는 그대로 강초원의 본진 입구에 도달했는데, 강초원의 소수 질럿, 다수 드래군 유닛들이 이 다크템플러에게 아무 반응을 보이지 않는다. 단지 입구를 틀어막고 서 있을 뿐이다.

우선 캐논은 보이지 않았다. 옵저버조차도 없는 건가? 그럼 더 볼 것도 없이 게임 끝이잖아…? 너무 싱겁게 승부가 나겠는 걸…. 다크템플러가 강초원의 질럿에게 칼을 휘두르자 상대 병력들이 일제히 뒤로 빠졌다. 이에 다크템플러는 안으로 파고들어갔고, 2시 미네랄 멀티에서 대기 중이던 다크템플러도 12시 본진을 향해 움직였다. 그런데 이때였다. 뒤로 빠졌던 강초원의 병력들이 다시 다크템플러를 향해 전진하더니 일제히 공격하는 것이 아닌가. 강성진의 다크템플러가 아무것도 해보지 못한 채 무참히 살해당했다. 이건 도대체 무슨 현상이지? 캐논은 안보였으니까 아마도 옵저버가 있는 거겠지?

"이 녀석, 연기 쩌네…."

강성진이 나지막이 중얼거리는 게 내 귀에 생생히 전달되었다. 강초원이 연기를 했다고…? 그렇다면 옵저버가 있었음에도 불구하고 자기 본진 입구에 세워두지 않았다는 건데…. 방금 전 상황을 잘 생각해보자. 강성진의 다크템플러가 강초원의 병력이 뒤로 빠지는 걸 보고 옵저버가 없다고 판단했기에 안으로 들어갔고, 강초원은 강성진의 다크템플러가 안으로 들어왔을 때 바로 덮쳐서 손쉽게 잡았다…. 만약 옵저버가 입구에 서 있었다면 어땠을까? 다크템플러가 입구를 올라가다가 상대방 드래군들에게 공격을 받고 뒤로 빠지지 않았을까? 후자의 경우라면 다크템플러는 타격을 받을 진 몰라도 잡히지는 않는다. 강초원은 연기를 해서 다크템플러 하나를 확실히 잡는 방법을 사용한 것이다.

다크템플러 하나가 옵저버에게 발각이 되어 잡히는 바람에 가세하던 또 하나의 다크템플러는 다시 2시 미네랄 멀티로 빠졌다. 어차피 다시 들어가 봤자 잡힐 게 뻔하니까…. 강성진은 본진에서 대기하던 병력들을 앞마당에 배치한 뒤에 파일런과 캐논들을 차례대로 건설하고 앞마당에 넥서스를 소환하였다. 그리고 나서 스톰업을 누르고 하이템플러들을 후속으로 뽑고 있었다.

강초원은 이 모든 액션을 옵저버를 통해 확인하고 있었다. 앞마당에 넥서스를 짓지도 않고 본진에서 병력만 모으던 그가 앞마당 바깥에 있던 강성진의 프로브 하나를 드래군으로 잡더니 그대로 8시 본진을 향해 진격했다. 셔틀은 시야에 보이지 않지만, 셔틀이 있다고 생각하는 게 신상에 이로울 듯하다. 마침내 8시 앞마당에 배치된 강성진의 캐논들 앞에 강초원의 병력들이 이르렀다. 역시나 강초원에겐 리버가 하나 있었다.

강초원의 리버가 캐논의 사정거리를 피해 포격하기 시작했고, 강성진은 기다렸다는 듯이 하이템플러로 하여금 스톰 하나를 날렸다. 이에 셔틀이 리버를 태우고 스톰의 범위 바깥으로 벗어난다. 셔틀은 스톰이 사라지자 다시 그 자리에 리버를 내렸다. 리버가 포격을 하려고 할 때 또다시 스톰이 작렬했다. 셔틀은 리버를 다시 태우고 대피하였다. 이때 셔틀의 체력은 20 남짓, 이제 드래군으로 2번 툭 치면 잡을 수 있게 되었지만…. 내가 볼 때 강성진은 셔틀과 리버를 동시에 잡아보려고 이렇게 한 것 같은데 결국 둘 다 잡히지 않았고, 하이템플러들의 마나는 한정되어 있으니…. 제대로 위기가 찾아온 게 아닌가 싶다.

이런 와중에 2시 미네랄 멀티에서 대기하던 강성진의 다크템플러가 강초원의 진영으로 난입을 시도했는데, 참 놀랍게도 이미 대비가 다 되어있었다. 앞마당 바깥에 옵저버 하나가 떠있었고 드래군 2기가 서 있으니까 견제가 불가능하다. 다크템플러는 다시 뒤로 빠질 수밖에 없었다. 8시 앞마당 진영에서는 강초원의 리버가 캐논을 부수던 도중 강성진의 드래군들의 일점사로 잡혔지만, 이 과정에서 강성진의 드래군들의 체력이 많이 깎였다.

강초원의 빨피 셔틀이 어디 갔나 했더니 자기 본진의 로보틱스에서 추가로 나온 리버를 태우러 갔나 보다. 리버가 하나 더 도착했다. 강성진의 캐논들은 스캐럽에 의해 차례대로 파괴되었고, 하나도 남지 않자 병력이 들이닥쳤다. 강성진은 하이템플러의 스톰을 상대방 드래군들에게 날리면서 추가되는 발업된 질럿들로 한바탕 교전을 펼쳤다. 앞마당은 강성진이 먼저 가져간 데다 수비하는 입장이므로 병력 충원은 강성진 쪽이 더 빨랐기에 생각보다 대등한 싸움을 보이고 있었는데, 이때 놀라운 장면이 연출됐다.

강성진의 본진 입구 언덕 쪽에 난데없이 강초원의 드래군 2기가 나타난 것이다. 셔틀로 실어 나른 것으로 추정되는 이 드래군들이 언덕 아래에 있는 강성진의 병력들을 향해 포격하기 시작했다. 정말 예상하기가 힘든 변칙적인 행동이라 그런지 강성진이 당황한 나머지 점점 강초원의 페이스에 말려들었다. 대등했던 싸움이 순식간에 열세가 되어 뒤로 빠지니 앞마당은 금세 파괴되었고, 강성진은 자신의 본진 입구 언덕에서 서성거리고 있는 강초원의 드래군 2기를 잡으며 분풀이를 하였다.

Zera : GG
Darkness: GG

그렇게 날고 긴 강성진이 결국 강초원 앞에서는 무릎을 꿇었다… 강성진이 분전한 모습은 어느 정도 보였지만, 강초원이 강성진보다 좀 더 실력이 좋다는 게 확연히 느껴진 한판 승부였다. 그건 그렇고, 지금 나타나는 강성진의 모습은 단연 압권이다. 그의 눈만 봐도 열 받았다는 게 현저하게 느껴진다. 자신의 어금니를 꽉 깨물며 몸속에서 넘쳐흐르는 분노를 제어하고 있다. 자신이 질 거란 생각을 전혀 못 하고 있었던 것 같다.

"… 최승태, 나가자."

그런 그가 얼른 이 장소를 빠져나가자고 내게 재촉하였다.

"응? 적어도 재한테 인사는 하고 가야지. 그냥 가면 어떡해?"
"됐으니까 나가자고!"

… 난 강성진에게 팔을 붙들린 채 그대로 PC방 바깥까지 끌려 나왔다. 거참 성질머리하곤… 강성진과 나는 우선 원석이 형에게 찾아가서 결과를 보고하기로 하고 번

화가로 이동하던 도중, 한 포장마차 앞에 서서 닭꼬치 하나를 물어뜯고 있는 교복 차림의 원석이 형을 정말 우연히 발견하였다. 원석이 형은 우리에게 오뎅꼬치를 하나씩 쥐어주며 매우 침착한 표정으로 얘기를 들어주었고, 진심 어리게 강성진을 위로하고는 내게 말했다.

"강성진이 질 정도면 내가 붙어볼 만하겠네."

그러고는 자신만만한 표정으로 자신도 한번 그 강초원과 붙고 싶다는 것이었다. 하지만 원석이 형은 강초원이 위치한 PC방까지 가는 게 너무나도 귀찮다며 자신의 가방에서 정체 모를 CD케이스를 한 장 꺼내더니 나한테 건네주면서 신신당부를 했다.

"최승태. 이건 내가 박준영이라는 이름난 해커한테 받은 불법 프로그램이 담긴 CD인데, 우선 이것에 대해 설명을 해둘게."

박준영, 그리고 해커…. 내가 아는 박준영이 틀림없어 보인다. 박준영이 이렇게까지 유명한 녀석인 줄 사실 모르고 있었다. 이런 불법 프로그램 CD 제조는 될 수 있으면 자제해달라고 말하고 싶을 정도다. 어쨌든 나는 원석이 형의 추가 설명을 계속 듣기로 했다.

"상대방과 UDP로 스타크래프트 밀리를 하기 전에 이 CD를 먼저 삽입해. 그리고 IP 주소만 내가 하는 컴퓨터로 지정해주면 돼. 그러면 너는 관전모드가 되고, 나는 먼 거리에서도 교묘하게 강초원이란 녀석과 게임을 할 수 있지. 너의 아이디인 Yukhang으로 내가 플레이할 수 있다는 뜻이야. 무슨 소린지 알겠나!?"

이런 것도 있었군…. 하지만 나도 귀찮아서 날짜를 내일로 미루자고 제안했다. 물론 원석이 형도 귀찮기 때문에 이 제안을 받아들였다. 아아, 정말이지 귀찮고 귀찮은 하루였다.

"강남에서 이곳을 계속 왔다 갔다 하고…. 꽤 고생이네, 강성진."

가까운 지하철역 앞, 난 아직도 집으로 돌아가지 않은 강성진을 집으로 돌려보내기 위해 이렇게 마중을 나온 상황이다. 날이 일찍 어두워져서 조금 서두른 감도 없지 않다. 물론…. 난 내 의지에 따라 강성진을 지하철역 앞까지 마중 나온 것은 아니다. 하지만 강성진이 워낙 이곳 지리에 어둡다 보니 어쩔 수 없이 내가 따라 나올 수밖에 없던 것이다. 그런데 강성진이 지하철역 안으로 들어가는데 뜸을 들이더니 내게 물었다.

"너, 원석이 형과 강초원 중에 누가 이길 것 같아?"
"갑자기 그건 왜 물어봐?"
"그냥 네 녀석의 의견을 듣고 싶으니까, 얼른 말하기나 해."

갑작스러운 질문에 나는 당황할 수밖에 없었다. 솔직히 말해서 누가 이길지 어떻게 알겠는가. 나는 그냥 모르겠다고 대답했더니 강성진이 아주 자신 있게 말하는 것이 었다.

"난 원석이 형이 충분히 이길 거라고 생각하는데. 원석이 형이 왜 프로토스의 전설로 불리고 있는지는 이번 대결로 확실히 증명될 거야."
"음…. 그러고 보니 원석이 형이 다른 사람과 개인전을 하는 걸 구경하는 건 이번이 두 번째네. 기대는 충분히 된다."
"아, 그리고 원석이 형한테는 나뿐만 아니라 병관이 형도 개인전 대회에 참가한다고 전해줘."
"병관이 형…? 처음 듣는 이름이네."
"꼭 전해라. 안 그러면 나한테 뒤져. 알았냐?"

… 정말 말하는 투가 전해줄 마음이 들어도 전해주기 싫게 만들어버린다. 강성진은 내게 한마디 인사도 없이 그대로 지하철역 건물 안으로 들어갔다.

/

주말인 다음날이 되었다. 나는 평상복 차림으로 IP 체인져라고 적혀 있는 CD케이스 하나를 소지한 채로 집을 나서서 강초원이 자주 들리는 PC방에 들렀다. 현재 오후 2

시, 이쯤 되면 강초원이 이곳에 나타날 것이다. 난 그동안 이 PC방에서 좀 놀고 있어야겠군. 그런데 예전부터 느끼는 거지만 테란은 왜 이렇게 강하지? 초반부터 드래군 푸쉬를 하는데도 입구를 틀어막은 채로 전혀 꿈쩍을 안 하네. 탱크의 시즈모드도 너무 세고, 사정거리는 왜 이렇게 긴 것인지…

테란의 앞마당 견제도 못 해먹겠네. 으으, 또 테란에게 지게 생겼구나. 역시 테란을 상대로는 캐리어를 쓰는 게 가장 좋은 판단인가!? 하지만 적은 멀티로 캐리어를 가면, 결국 캐리어 숫자가 적어서 위력도 그만큼 좋지 않을 텐데. 결국은 멀티를 다수 확보하기 전에는 지상군 체제로 가야 하는가…. 나중에 원석이 형에게 따로 조언을 들어봐야겠군.

게임이 거의 마무리돼가는 순간, 그가 드디어 모습을 드러냈다. 강초원이 카운터로부터 이쪽으로 다가오고 있었다. 그런데 압박적인 건 내 바로 옆자리에 앉아서 전원을 켜는 것이다. 확률적으로 따져서 내 옆자리에 앉는 건 조금 적은 확률이기에 내가 조금 주춤하던 틈을 타서, 갑자기 다른 사람들이 강초원에게 다가와 나보다도 먼저 스타크래프트 대결을 신청하고 있었다. 대부분 고등학생들이나 같은 동급생들이었으며, 가끔 직장인들의 모습도 보였다. 정말 계층도 가지가지 하네….

이 녀석은 다른 사람들과 게임하면서 정말 심심하지도 않겠다. 그런데 이 강초원이란 녀석은 나보다도 매너가 넘친다. 아무리 자기보다 실력이 낮다고 해도 가끔은 상대방의 전략에 당해주기도 하고, 서로 간에 재미있는 게임을 했다는 생각이 들게끔 말이다. 즉, 적당히 해준다는 뜻이다. 그래서 그런지 다른 사람들에게도 인기가 있는 것 같았다. 자기보다 실력이 낮으면 본 실력을 다 드러내지는 않는 것 같은데, 그렇지만 절대 게임에서 지지는 않는다. 실력을 다 발휘하지 않는 것 같은데도 컨트롤 면이나, 물량 면에서 상대방에게 전혀 뒤지지 않는다. 정말 무서운 녀석이다.

"역시 잘하네, 내가 졌다."

한 직장인이 신나게 깨지면서 강초원의 실력을 칭찬한 뒤에 어디론가 가버렸고, 이어서 여러 학생이 강초원에게 도전을 했으며, 역시 신나게 깨졌다.

"와, 너무 잘하네. XX."

난 바로 옆자리에서 강초원의 실력을 지켜보면서 감탄하고 있는 사이에 시간은 계속해서 흘러갔고, 강초원에게 도전했던 자들도 전패를 당하면서 슬슬 사라지기 시작했다. 나는 강초원에게 도전하는 사람들이 없어야만 강초원에게 대결을 신청할 수 있다. 왜냐하면, 강초원과 게임을 하는 자는 내가 아니라, 원석이 형이기 때문이다. 다른 사람들이 내 자리를 지켜보게 되면 의심을 살 수 있으니 안 되는 것이다. 슬슬 저녁 시간이 되자 밥 먹으러 자리를 뜨려는 강초원을 나는 단숨에 붙잡으며 말했다.

"강초원, 나랑 한판 해볼래? 네가 잘한다는 소문을 듣고 찾아왔어."

그런데 정면으로 볼 때 이 녀석의 외모는 장난이 아니었다, 남자도 반할 것 같은 하얀 피부, 적절한 키와 적절한 몸무게…. 내가 너무 꿀린다는 심리적 압박감이 고스란히 전해졌다.

"물론 나야말로 환영이지. 우선 서로 보면서 하면 안 되니까, 저쪽에 앉아서 할래?"

순수해 보이는 저 말투와 전혀 모르는 사이인 내게 보이는 친절함, 상대를 반갑게 맞는 듯한 저 미소는 내 마음도 점점 편해지는 것 같은 괴상망측하고 아이러니한 효과를 발휘해주고 있었다. 어쨌든 강초원은 나의 노멀한 외모를 보면서 나 자신도 결국 다른 사람들처럼 실력이 그리 좋지는 않다는 것을 대충은 알고 있을 것이다.

원석이 형은 이미 게임 준비를 끝냈다고 내게 메신저로 연락을 취했고, 나는 강초원이 날 볼 수 없는 반대편 자리에 앉아서 UDP를 통해 강초원이 만든 방에 들어갔다. IP 체인져 CD는 넣어두고, IP는 이미 입력해뒀고, 이러저러해서 모든 준비는 된 것 같다. 게임이 시작되면 나는 관전모드로 전환이 될 테고, 원석이 형은 Yukhang이란 아이디로 교묘하게 플레이할 수 있게 되겠지. 난 이 두 사람의 게임을 지켜보면서 여러모로 실력을 쌓는데 좋은 경험이 될 것 같다.

게임이 시작됐다. 나는 바로 관전모드로 변경되었고, 원석이 형은 자연스럽게 넥서스에 프로브 1기를 생산하도록 하고 프로브 4기를 미네랄로 흩트려서 나뉘게 했다. 아무래도 프로그램은 정상적으로 실행되고 있는 것 같다. 맵은 로스트템플, 원석이 형은 6시 진영의 프로토스이고 강초원은 8시 진영, 마찬가지로 프로토스였다. 같은 종족전은 전략도 중요하겠지만 같은 유닛들의 싸움이니만큼 물량이 특히 중요하다고 들었다. 이번 게임은 6시, 8시 관계라 공중 사이의 거리가 가깝고, 지상 간의 거리는 약간 멀기 때문에 빌드 싸움이 시작되는 초중반 정도부터 재밌어질 것 같은 생각이 든다. 서로간의 정찰 프로브가 도중에 만나자 메시지가 오고가기 시작했다.

Darkness : HI

Yukhang : HI

그런데 아주 약간 섬뜩하군…. 내 아이디를 다른 사람이 쓰고 있다는 것이. 거리가 약간 먼 것을 확인한 두 사람은 역시 1게이트 체제로 플레이하기 시작했다. 그런데 보아하니 넥서스가 한 차례도 쉬지 않고 프로브를 뽑아대는데, 내가 플레이할 때의 프로브 숫자보다 훨씬 많아 보인다. 프로브를 많이 뽑아두면 자원도 더 많이 축적되니 좋긴 하겠군…. 생각해보니 멀티 없이 본진 플레이할 때는 적은 프로브로도 충분히 자원을 캘 수는 있겠지만, 나중에는 멀티를 더 가져가야 할 상황이 나와 버리게 되므로, 본진에서 미리 프로브를 많이 뽑아두다가 멀티로 절반 정도 보내게 되면 멀티가 더더욱 빨리 활성화되니까…. 결국 프로브를 끊임없이 뽑는 것은 꽤 중요한 것 같다.

내가 프프전에서 주로 사용하는 초반 1게이트 빌드오더는 파일런 이후에 게이트를 올린 뒤에 뒤이어 가스를 짓고, 게이트가 완성되자마자 코어를 올리는 건데 내가 하는 빌드와는 달리 강초원과 원석이 형은 파일런, 게이트, 가스 이후에 또다시 파일런을 지었다. 이렇게 하면 테크트리가 약간 뒤처질 것 같은데, 내 생각이 틀린 건가?

역시 코어 이후에 빌드가 갈리기 시작하는 것 같다. 강초원은 템플러 아카이브 체제를 택했고, 원석이 형은 안정적으로 로보틱스를 올려서 드래군 리버를 택할 것 같은데…. 그런데 갑자기 강초원의 발업된 질럿 8기가 원석이 형 진영의 입구 아래까지 진격했다. 원석이 형의 사업 드래군들이 숫자가 적은 편이 아니라 가볍게 막긴 했지만…. 발업 질럿 8기는 쉴드만 깎인 채 추가로 지원해오고 있는 질럿들과 합류하여 계속 상대방의 앞마당에 전진배치 해놓고서 바로 자신의 앞마당에 넥서스를 소환시켜 버렸다. 상대의 빌드를 모르는데 약간 위험하지 않을까?

마침내 원석이 형의 첫 리버가 생산 완료됐다. 그전에 생산해둔 셔틀에 드래군 1기와 같이 태우고 바로 8시 쪽으로 드랍하여 프로브를 타격해보려고 시도해보는데, 넥서스 주위에 캐논 1기가 배치되어 있었기에 셔틀을 뒤로 뺀 뒤 리버를 내려 캐논에게 타격을 주려고 들었다. 하지만 강초원의 노사업 드래군 2기가 갑작스럽게 나타나서 셔틀을 요격하려는 것이었다. 강초원의 소수의 발업 질럿도 리버에게 접근해왔기 때문에 리버와 드래군 1기로 저 유닛들을 제거하는 건 도저히 내가 생각해봐도 불가능해보였다.

역시 원석이 형의 판단은 신속하다. 과감하게 리버 1기와 드래군을 모두 셔틀에 태워버렸다. 강초원의 노사업 드래군 2기는 무빙샷을 통하여 셔틀을 계속 두들겼고, 셔틀은 쉴드가 계속 깎였다. 이제 체력만 남은 상황, 강초원의 드래군들이 셔틀을 부술 수 있을지도 모를 애매한 상황이었다. 근데 놀랍게도 셔틀의 체력이 6 정도밖에 안 남은 상황에서 강초원의 드래군들이 바보가 돼서 쏘다가 말고 멈춰서는 것이었다. 결국, 셔틀을 자신의 본진 바깥으로 보내버렸다. 정말이지 강초원은 중요한 순간에 운이 안 따른 것 같다. 그 셔틀만 잡았어도 상황이 급격하게 기울게 되는 거였는데.

가까스로 살아 돌아온 셔틀은 본진을 지키던 사업 드래군들과 뒤늦게 나온 옵저버 1기가 속한 주력부대에 합류하자마자 쉴 틈 없이 계속 움직였다. 자신의 앞마당에 주둔해있었던 강초원의 발업 질럿들을 리버를 통해 쫓아내버린 뒤, 자신도 앞마당에 넥서스를 하나 소환하고선 강초원의 빠른 앞마당 멀티 소환을 견제하기 위해 8시 앞마당으로 진격했는데, 대비가 만만치 않다.

캐논은 하나도 없었지만 발업 질럿들과 사업 드래군들이 일자로 배치되어 있어서 공격하기 까다롭게 만들었다. 원석이 형은 상대가 아직 로보틱스를 올리지 않은 상태이기 때문에 셔틀이 없을 것이라는 생각에 따라, 자신의 드래군 2기를 강초원의 앞마당 언덕에 나르기 신공을 해서 2 드래군으로 앞마당의 가스 건물과 프로브를 요격하였다. 이 작전은 성공적이었다. 강초원은 앞마당 가스를 채취할 수 없게 되었고, 미네랄 2덩이를 캘 수 없는 효과가 나타났다.

그런데 이런 타이밍에 갑자기 원석이 형의 본진에서 프로브들이 하나씩 터지는 소리가 들렸다. 어디에서 온 것인지는 모르겠지만 강초원의 다크템플러 1기가 교묘하게 난입하여 원석이 형의 프로브만을 집중적으로 노리고 있었다. 원석이 형에게는 옵저버가 있었으나, 워낙 먼 곳에 있어서 본진으로 오려면 시간이 걸렸기 때문에 원석이 형의 프로브는 우선 앞마당 멀티로 대피하여 피해를 최소화하였다. 강초원의 다크템플러가 정리가 되긴 했지만 프로브를 좀 잡힌 것은 큰 손실이 아닐 수 없다. 아무리 초보인 나라도 이 상황에서 누가 유리한지는 잘 안다. 분명히 강초원이 더 유리하다. 설마 강초원이 원석이 형을 잡는 것일까…

이제 게임은 중반에 들어갔다. 둘 다 앞마당만 먹은 상태에서 병력을 계속 모으고 있다 보니 아무리 두 사람이 스타크래프트를 잘한다지만 나도 보는 자의 입장에서 슬슬 지겨워지기 시작한 것이었다. 그런데 마침 재밌게 놀 일이 생겨버린 것 같다. 이승재와 배정도 두 프로게이머가 스타리그 결승전을 치렀을 당시, PC방에서 대면했었던 초등학생 2명과 이곳에서 또 만나버린 것이었다. 참으로 질긴 인연인 것 같다. 초등학생 2명도 날 보더니 흠칫했다. 이 녀석들은 예전에 내게 1:2 핸디캡 매치에서 진 이후로 엄청난 연습을 하고 난 뒤, 이날만을 기다려왔다는 듯한 정의감이 가득한 표정을 짓기 시작했다. 아니, 내가 지금 글로만 이렇게 표현하고 있을 뿐이지 정말 그 당시에 초등학생 2명의 표정은 가관이라 글로도 표현하기엔 뭔가 부족해 보인다.

이번에는 내게 루나라는 맵에서 1:2로 해보자고 제안을 걸어왔다. 사실 루나란 맵은 스타리그 결승전 때 잠깐 봤었던 것 빼고는 해본 적이 한 번도 없다. 그런데 이 녀석들도 이젠 무한맵 시절에서 결국은 벗어났나보군. 하지만 내 자리에서는 이미 강초원과 원석이 형이 게임을 하는 것을 관전 중이었으므로, 난 어쩔 수 없이 또다시 카운터에 돈을 내며 다른 자리에 앉았다. 좋아, 녀석들은 둘 다 예전 그대로 2 저그인가. 어디 한번 실력이 늘었는지 지켜보겠다. 난 11시 진영으로 프로토스이고, 프로브 정찰로 한 명은 1시에 위치해있고 또 다른 한 명은 5시에 있다는 것을 알 수 있었다. 우선 나는 2게이트를 올린 뒤에 질럿을 계속 뽑아 우선 입구를 사수하기로 하였다. 녀석들은 저글링들을 모으더니 내 입구로 바로 몰려오기 시작했다.

그런데 조금 어이가 없었던 건 내가 질럿 3기로 입구를 막고 프로브 2기를 질럿 뒤에 붙여놔 저글링들이 함부로 입구 돌파 시도를 하지 못하게 했음에도 불구하고, 저글링들이 겁도 없이 내 입구를 돌파해보려고 시도하는 것이었다. 결국, 저글링 16기는 케첩 신세가 되어버렸고, 난 그냥 빨리 끝내겠다는 의도로 3게이트까지 확보하여 질럿만 계속 뽑고 어택땅 러쉬를 하여 우선 1시 저그부터 처참하게 박살냈다.

1818 : GG

1:2 상황을 1:1로 만든 것은 여러모로 큰 의미가 있다. 나에게는 수적열세를 극복했다는 데에서 오는 성취감이 느껴지도록 하고, 남은 상대방에게는 '다음은 내 차례인가…' 하는 커다란 압박감을 느끼게끔 한다. 나는 모든 질럿들을 총동원하여 바로 5시로 쳐들어갔다. 질럿이 엄청나게 많으니 성큰 콜로니가 아무리 있어도 속수무책, 그대로 끝나버렸다.

Choding : GG

게임이 끝난 뒤, 나는 내 상대였던 초등학생 2명이 같이 앉았던 자리에 찾아가봤는데, 서로 티격태격 말싸움을 하고 있었다. 패배한 원인을 두고 서로 남 탓을 하고 있길래 가만히 놔두기엔 참 딱해보여서 충고를 하기로 했다.

"너희는 같은 팀이야. 설령 팀원이 실수하더라도 같은 팀인 이상 이를 포용할 수 있어야 해. 서로를 믿고 의지할 수 있는 그 순간부터 너희는 강해질 거야. 다음부터는 잘할 수 있지?"
"네, 알겠어요."

… 내가 하는 말은 잘 듣네. 그런데 이 두 녀석, 이번엔 맵핵을 안 쓰고 했을까? 혹시나 해서 바탕화면이나 내 문서 등을 다 찾아봤지만 맵핵은 보이질 않았다. 예전에 내가 했던 말이 정말 효과가 있었던 모양이다. 이 녀석들, 다음에도 다시 내게 도전하러 오겠지. 다음에는 정말로 성의 있게 상대해줘야겠다. 나는 이 초등학생들에게 과자와 음료수를 선물하고 나서 원래 내 자리로 돌아갔는데, 이미 대부분의 상황이 마무리되어 보였다. 원석이 형의 병력은 강초원의 섬 멀티와 12시 스타팅 멀티를 완벽하게 파괴하여 자원전에서 압승을 보인 것이다.

Darkness : GG
Yukhang : GG

이야, 역시 스승의 실력은 남다르군. 그렇게 대단한 강성진을 손쉽게 잡았던 강초원마저 눌렀으니 과연 전설이라 할 만하다. 어쨌든 이 게임은 리플레이 저장을 해둔 뒤에 내 계정에 보관해둬야겠군. 꼬투리를 잡히지 않기 위해 IP 체인져를 황급히 챙긴 나는 우선 자리에서 일어나 강초원이 있는 자리에 찾아가 보기로 했다. 그런데 강초원은 뭔가 심상치 않은 표정으로 그 자리에서 꼼짝도 안 하는 것이었다. 마우스를 잡은 손이 살짝 떨리고 있는 것도 포착되었다. 방금 게임에서 져서 그런지 약간 충격이 있는 건가? 난 고뇌하고 있는 강초원을 쭉 냅두기에는 좀 그래서 우선 내가 강초원에게 한마디라도 하였다.

"수고했어."

강초원은 내 말을 듣고 결국에는 자리에서 일어났다. 그런데 일어나자마자 날 노려보는 것이었다. 눈매가 굉장히 매서워졌다. 친절하고 상냥한 모습이 보기 좋았던 그의 모습은 어디 가고 없었다. 강초원은 내게 말을 꺼내면서도 자신의 흥분된 감정을 전혀 감추질 못했다.

"너, 이름이 어떻게 되지? 혹시 준프로게이머야?"

내 이름을 안 뒤에 다음에 다시 도전하려는 속셈인 듯한데… 안타깝지만 그건 알려줄 수 없지. 내가 직접 강초원과 대결했던 것도 아니고… 강초원과 대결한 자는 바로 원석이 형이니까. 괜히 이름을 알려줬다간 내 쪽이 도리어 난처해지고 말 것이다. 우선은 대충 둘러대고 이곳을 내빼기로 할까.

"알려줄 수 없어, 미안."
"… 알려줄 수 없다니? 어째서!?"

나는 그의 말에 응답을 무제한 보류하고는 서둘러 PC방을 빠져나왔다.

—

"어때, 최승태. 이 스승님의 실력이!?"

난 원석이 형이 위치한 PC방으로 돌아왔을 때부터 계속해서 원석이 형의 실력 자랑을 들어줘야 했다. 이런 상황이 다가올 걸 예측이라도 했으면 이곳으로 오지 않고 곧바로 집으로 돌아가 버렸을 텐데. 그런데 솔직히 게임의 중반부터는 제대로 못 봤지만 그렇다고 못 봤다고 하기엔 좀 그랬기에 난 아는 척 호응했다.

"네, 멋있었어요. 원석이 형이 너무 강해서 그런지 강초원이 맥을 못 추는 것 같았어요. 아무래도 강초원은 원석이 형의 상대가 되지 않는 것 같군요."

뭐, 경기 내용에 대해서만 말을 꺼내지 않으면 이 정도로 충분히 되겠지. 그런데 내가 무슨 말실수라도 했는지는 모르지만, 원석이 형이 내 말에 약간 의문이 든 것 같은 반응을 보였다.

"최승태… 제대로 게임 지켜본 거 맞아?"
"… 네?"
"강초원은 나하고 실력이 엇비슷하거나 약간만 뒤떨어졌을 뿐이야. 강초원의 실력은 솔직히 말해서 대단해. 진형 싸움에서 우위를 점하지 않았으면 게임이 어떻게 전개될지 몰랐어. 솔직히 초중반에 셔틀이 안 터졌던 것도 내겐 크나큰 운이었지. 강초원은 조금만 더 연습하면 스타크래프트 게임 내에서 내 실력 이상의 모습을 보여줄지도 모를 정도란 말이야."

강초원이 그 정도로 대단한가? 물론 나보다 훨씬 잘하는 건 알고 있지만… 어쨌든 나는 또다시 원석이 형으로부터 강초원의 실력에 관한 이야기를 몇 십분 분량으로 늘려서 내게 설명하기 시작하였고, 나는 또다시 지겹게 그것을 들을 수밖에 없었다. 아무래도 오늘은 최악의 날인 것 같군. 그런데 갑자기 누군가가 PC방 안에 들어오자마자 이쪽으로 황급히 뛰어오고 있었다. 보아하니 제열이 형이었는데, 얼굴에 식은땀이 흐르고 있었다. 원석이 형이 급하게 온 제열이 형에게 물었다.

"제열아, 무슨 일이야? 오늘따라 바쁘게 움직이네."
"하아… 하아… 뛰어오느라 숨차네… 조금만 앉아서 쉬고 얘기하자."

제열이 형이 내게 앉을 자리를 요구하자, 나는 어쩔 수 없이 자리에서 일어나 서있게 되어버렸다. 1분 정도 경과하자, 제열이 형은 이제야 진정이 된 듯 원석이 형에게 이야기를 꺼내기 시작했다.

"큰일이야. 사실 아까 범진이하고 둘이서 동네 PC방에서 놀고 있었는데, 갑자기 어떤 녀석이 나타나더니 우리에게 도전하더라고. 스타크래프트 밀리로 말이지. 우린 아무 생각 없이 그의 도전을 받아들였어. 우선 범진이가 상대해줬는데, 그 녀석의 실력은 보통이 아니었어. 김범진이 압도적으로 져버릴 정도였다니까. 그 녀석은 게임이 끝난 뒤에 우리에게 이렇게 말하더라고. 최원석을 찾고 있다고."

최원석을 찾고 있다? 도대체 무슨 의미일까…. 그냥 한번 원석이 형과 해보고 싶어서? 원석이 형은 그 의미심장한 말을 들으니 뭔가 짐작 가는 게 있다는 듯한 얼굴을 하더니 제열이 형에게 여러 가지로 물어보았다.

"설마 그 녀석이 내가 아는 그 녀석이야?"
"아니, 걔는 절대 아니야. 얼굴 자체가 다른걸."
"… 그래, 그 녀석의 종족은 어떻게 되지? 그리고 아이디는?"
"분명 아이디는 Zequ였어. 그 있잖아, 프로토스 사냥꾼으로 유명한 녀석…. 하여튼 너도 알다시피 종족은 저그야."
"… 그러고 보니 범진이는 어디에 있는 거야? 너 혼자서 급하게 뛰어오고 말이야."
"범진이는 달려오기 귀찮다고 걸어오는 중이야."

—

제열이 형과 원석이 형, 그리고 내가 (사실 난 엑스트라이다.) 서로 대화하던 도중 적절한 타이밍에 범진이 형이 PC방 안으로 유유히 걸어 들어오고 있었다. 뒤늦게 도착한 범진이 형은 Zequ란 자의 실력에 대해 슬슬 말을 털어놓기 시작했다.

"Zequ가 나보다 잘하는 것 같은 느낌은 들긴 하지만, 아까 전 게임에서 Zequ의 본 진으로 견제 들어갔을 때 말이야. 사실 내가 그때 뮤탈 컨트롤만 좀 했어도 Zequ따 위는…."
"뭐, 스커지가 떼거리로 날아오는데도 여유 있게 어택땅하다가 다 잃어버린 건 분명 좀 아니었지."

범진이 형이 Zequ와 게임을 하던 걸 지켜봤었던 제열이 형의 말이니, 틀린 말은 아 닐 것이다. 결국, 컨트롤 때문에 지게 된 거로군. 아무튼, 최근 들어 밀리 고수들이 계속해서 등장하니 상황이 점점 재밌어지는 것 같다. 다른 사람들의 도전을 거절하 지 않고 지금까지 다 받아들였던 원석이 형이었지만, 아직도 무패에 가까운 전적을 지키고 있기 때문에 더욱더 다른 사람들의 눈길을 끌게 되는 건가. 뭐, 강한 사람을 이기는 거야 성취감도 커서 좋기야 하겠지. 이쯤에서 주목할만한 점은 밀리 고수들 을 대하는 원석이 형의 태도다. 그는 손깍지를 끼고 자리에 편하게 누워버리며 투덜 거렸다.

"Zequ가 나하고 붙고 싶거든 알아서 찾아오라고 해. 난 아까 강초원하고 게임을 한 뒤라 엄청나게 피곤하기도 하고. 그 녀석을 내가 직접 찾아가는 것도 꽤 귀찮고 말이야. 에휴, 요즘 들어 귀찮은 일들만 생기네."

… 정말이지 귀찮음의 대가라 불릴만하다. 그런데 중요한 건 이게 아니다. 가만히 생각해보니 개인전 대회는 앞으로 하루밖에 남지 않은 것이었다. 분명 개인전 대회까지는 1달이라는 엄청난 시간이 있었는데, 나 그동안 뭐한 거지…? 하루는 프로게이머 이승재와 배정도의 결승 경기를 보느라 바빴고, 그 이후로는 강성진이 강북으로 놀러 와서 또 시간 낭비하고, 절반은 원석이 형의 옛날이야기 들어주느라 전부 날려먹고, 아무튼 심각하게 처참한 상황임은 틀림이 없어 보인다.

어차피 연습할 시간도 별로 없겠다. 그냥 실전 연습이나 해볼 겸 제열이 형과 범진이 형에게 밀리로 도전해서 연습이나 해야겠다. 실전 연습을 하지 않으면 또다시 예전 4:4 팀플레이 대회 때처럼 긴장만 돼서 제대로 하지도 못할 테니. 우선 내 자리에서 멀지 않은 위치에서 밀리 연습을 하는 제열이 형에게 먼저 밀리를 신청했다. 그러고 보니 제열이 형과는 첫 대결인가… 솔직히 말해서 엽기전략 연구를 같이했던 것을 제외하고는 별로 밀리를 같이 했던 기억이 없는 것 같군. 맵은 내가 네오 포르테에서 하자고 했다. 둘 다 똑같이 2게이트를 올렸고 서로 질럿을 뽑았다. 그런데 같은 2게이트 싸움이었는데도 어찌된 일인지 내 질럿들이 먼저 녹아버려서 그 뒤로 신나게 밀려버렸다.

Yukhang : GG
Soen : 쯧쯧, 체력이 적은 질럿은 뒤로 뺐다가 다시 붙이는 컨트롤을 했었어야지
Yukhang : 그런 컨트롤도 있었어요?
Soen : 별로 어렵지 않아, 한번 따라 해봐

정말로 별로 어렵지 않았다. 체력이 달고 있는 질럿을 뒤로 뺀 뒤 다시 어택땅하는 정도라 내가 앞으로도 자주 써먹기에 충분해 보인다. 그다음은 범진이 형과 한판 해보기로 했다. 그런데 범진이 형은 파라노이드 안드로이드란 맵으로 하자고 하는데, 처음 들어보는 맵이라 지형이 어떤지는 잘 모르겠지만…. 그래도 죽기 아니면 까무러치기 식으로 우선은 한번 해보기로 했다. 곧 게임이 시작되려 하는데 제열이 형이 옆에서 소곤거렸다.

"파라노이드 안드로이드란 맵은 본진 간에 공중 거리가 엄청나게 가깝거든. 이걸로 추측해볼 때 김범진 이 바보 녀석이 할 짓은 뻔하지. 뮤탈로 갈 게 뻔하니까 캐논을 넥서스 주위에 짓고 커세어도 조금씩 생산하다가 바로 앞마당을 먹어버려."

아니, 근데…. 이 맵 왜 이래?! 난 2시 진영인데 범진이 형은 1시 진영이다. 공중 거리가 정말 기가 막히게 가깝다. 그리고 제열이 형이 했던 말이 정말이었다. 내가 이른 타이밍에 넥서스 주위에 캐논을 지어서 뮤탈 대비를 해뒀을 때, 범진이 형의 뮤탈 6기가 내 본진에 당도했다. 그런데 좀 이상하다…. 분명 뮤탈 6기로는 내 캐논 3기를 부수기 힘들어 보이는데도 범진이 형이 뮤탈을 뺄 기미가 안 보인다. 결국, 뮤탈 6기는 내 캐논을 1기도 부수지 못하고 모두 전멸했다. 난 이 기세를 타서 바로 앞마당에 넥서스를 건설하고 캐논을 도배했다.

난 앞마당을 먹고 병력을 차근차근 모으고 있었는데 범진이 형의 다수 러커와 히드라 병력들이 정면에서 밀고 들어왔다. 러커 다수는 버로우를 시도했지만, 어찌어찌 다 죽었다. 하지만 뒤따라오는 히드라 숫자가 너무 많아서 결국 내 캐논들이 다 파괴되고 난 GG를 칠 수밖에 없는 상황이 오고 말았다.

Yukhang : GG
Maron : GG

이렇게 겪어보니 범진의 형의 물량은 정말 엄청난 것 같다. 4:4 팀플레이 대회 때에는 나와 같은 편이니까 그 물량이 굉장히 든든했었는데…. 다른 분야에서 아무리 뛰어나더라도 물량에서 밀려버리면 이길 수가 없다는 말을 어디선가 들은 적이 있는데, 적어도 범진이 형과 맞서기 위해선 물량 뽑는 것을 더욱 연습해야겠다는 생각이 들었다. 여하튼 범진이 형은 게임이 끝나자마자 자리에서 일어서서 내게 다가오더니 아저씨 웃음을 지으며 말했다.

"그래도 예전보다는 꽤 잘해졌네. 이제 조금만 더 연습하면 허접한 인제열 녀석 정도는 발로 해도 이길 수 있을 거야."

개연성이 부족한 발언에 제열이 형이 옆에서 콧방귀를 뀌었고, 나 또한 가볍게 웃음을 지으며 형들의 화기애애한 분위기를 즐겼다.

개인전 대회 당일 아침, 지하철역 앞, 원석이 형과 나는 근처 벤치에 앉아서 강성진을 기다리고 있었다. 원석이 형은 계속해서 핸드폰으로 여자친구와 문자를 주고받는 것 같았고, 여자친구는커녕 핸드폰조차도 없었던 나는 지나가는 사람들을 아무 의미 없이 쳐다보며 시간을 보냈다. 아, 맞아…. 그러고 보니까 어제 강성진이 나한테 부탁했던 게 하나 있었지. 지금이라도 얼른 말해야겠다. 나는 원석이 형에게 소식 하나를 들려주었는데, 처음엔 이 내용이 굉장히 갑작스러웠는지 뇌가 일시적으로 정지한 듯 가만히 있다가 눈을 점점 크게 뜨더니 활짝 미소가 지어졌다.

"오호라, 병관이가 대회에 나온다고?! 듣던 중 반가운 소리네."
"같은 일행인 모양인데, 병관이란 분에 대해서 자세히 알려주실 수 있나요?"
"이름은 안병관. 강성진과 마찬가지로 강남에 사는 우리 길드원 소속 사람인데, 현재 고등학교 2학년으로 아이디는 Xeno, 종족은 테란이야. 손 빠르기만큼은 병관이를 따라올 사람이 아무도 없어. 워낙 붙임성이 좋은 게 이 녀석의 장점이라 할 수 있지. 근데 이 녀석은 고등학생이니까 고등부에 들어가잖아? 2살만 더 어렸으면 초, 중등부였을 텐데…. 졸지에 경쟁자가 하나 더 늘어버렸네."
"네!? 개인전 대회는 초, 중등부와 고등부로 대진이 나누어져 있어요? 지금까지 그런 말씀 안 하셨잖아요."
"바보 녀석, 지금까지 그것도 몰랐다는 거야? 내가 예전에 말할 때는 도대체 뭘 들은 거야?"

그, 그렇군. 그렇다면 나는 개인전 대회에서 적어도 원석이 형과 범진이 형, 제열이 형과 겨뤄야 할 상황은 일어나지 않겠네. 그렇다면 초, 중등부에서의 우승은 어쩌면 가능할지도 모르겠다. 그런데 잠깐…. 난 뭔가 한 가지를 빼먹고 있었어. 강성진 녀석은 나와 같은 중학생이라는 사실을…. 강성진이 있는 이상 우승은 불가능한 건가.

"원석이 형, 근데 강성진과 안병관이란 형은 어떤 사이에요?"
"편한 친동생 수준의 사이야. 사는 집이 가까웠나 봐. 교회를 통해 만나고 나서부터 죽마고우처럼 지냈어. 나중엔 성진이가 병관이를 우리 길드로 초대했지. 그 이후부터 둘은 같이 강남의 개인전 대회에 계속해서 출전하면서 초, 중등부와 고등부의 타이틀을 거머쥐었고."

강남에서 우승을 밥 먹듯이 했다는 거군. 참고로 범진이 형과 제열이 형은 미리 대진을 확인하러 개인전 대회 개최 장소로 향한 상태이다. 그러고 보니 박준영도 개인전 대회에 참가 신청을 했기 때문에, 그 녀석도 지금쯤 대회 장소에 도착했을 텐데… 대진에서 되도록이면 박준영과는 만나고 싶지 않군.

사실 예전 박준영을 처음 만났을 때 Leader를 상대로의 실력은 아직도 내 머릿속에서 잊혀 지지 않는다. 솔직히 그때는 약간 놀랐다. 뭔가 숨겨진 실력이 있는 것 같은, 그런 느낌이 조금 들었다. 그건 그렇고…. 이번 개인전 대회를 계기로 내 실력이 어느 정도인지 테스트해보고 싶다. 한번 내 실력이 얼마나 되는지 끝까지 치고 올라가 보겠다. 나라면 문제없을 것이다. 그때, 지하철역 안에서 두 사람이 강한 기운을 풍기며 천천히 걸어 나오고 있었다.

지하철역으로부터 강남의 두 인재가 나란히 걸어 나오고 있는데, 그저 걸어오고 있는 것뿐인데도 주변에 풍기는 아우라가 범상치 않다. 한쪽은 저번에도 만난 적이 있었던 강성진, 나보다도 작은 키를 가졌으나 어린 나이에 어울리지 않는 차가운 인상이 그를 자꾸 주목하게 한다. (실제로도 차갑고.) 반면 다른 한쪽은 이번 대회에 참가하는 것으로 알려진 또 다른 길드원, 키는 적당했는데 매우 날카로운 눈매를 가져서 그런지 강렬함이 느껴졌지만….

"이야, 원석이 형! 진짜 간만이다~ 우리 대체 얼마 만에 보는 거야?"

눈앞에 나타난 원석이 형한테 저돌적으로 달려들어 껴안기를 시도하는 이 모습은 외형적인 모습과는 굉장히 대조된다. 도대체 남자가 남자한테 무슨 짓이야!? 원석이 형은 양손으로 그의 몸이 자신에게 달라붙는 것을 결사적으로 저지하면서도, 그와의 재회에 대한 반가움을 내심 감추질 못했다. 원석이 형은 우선 옆에 있는 나를 소개했다.

"안병관, 이 녀석이 바로 내 두 번째 제자, 최승태다. 요즘 들어 실력도 부쩍 늘고 있어서 앞으로 기대되는 녀석이기도 하지."

병관이 형은 원석이 형의 말을 듣고는 금세 고개를 돌렸고, 난 예의를 갖춰 90도로 허리 굽혀 인사하였다. 이런 나를 계속 유심히 바라만 보고 있길래, 무슨 생각을 하고 있을까 하며 일시적으로 몸이 경직되어 있었는데, 그때 그에게서 알 수 없는 반응이 나왔다.

"솔직히 말해서 뉴페이스보단 성진이가 더 귀엽네."

의미심장하면서도 뭔가 있는 듯한 저 한마디, 진심이 담겨있는 듯한 목소리여서 더욱 난처하다. 병관이 형이 동떨어져 있던 강성진을 어깨동무하여 끌고 오더니 장난기 있는 얼굴로 내게 말을 건넸다.

"너, 성진이하고 별로 안 친하지? 얘가 너에 대해 말을 꺼냈다 하면 다 안 좋은 소리뿐이야. 자자, 이번 기회에 좀 친해져보렴!"

이윽고 나와 강성진의 눈빛이 서로를 교차한다. 제자 간의 화기애애한 커뮤니케이션을 유도하는 연장자의 행위 자체는 정말 바람직하다. 그렇지만 우리는 생각보다 친한 편인데?! 강성진이 나한테 심한 말을 서슴지 않게 하는 것은 분명 문제가 아닐 수 없지만, 그것이 나에 대해 관심을 나타내는 하나의 수단이라면 어떨까…!? 그나저나 강성진은 오늘따라 왠지 몸이 좋아 보이지 않는 걸. 아까부터 간간이 기침만 하고 있고. 한번 몸 상태를 물어볼까.

"강성진, 너 혹시 감기 걸렸어?"
"… 걱정해주는 척 하지 마. 가식 쩌네."
"에이, 재미없게 왜 이래. 우리 이제는 자주 만나는 사인데, 서로 친한 척이라도 좀 하자고. 어때?"
"시끄러워, 닥쳐."

… 괜히 말을 꺼낸 건가. 더 무시당하는 듯한 이 분위기는…. 반응 자체는 재미있지만, 대화를 이끌면 이끌수록 내가 더더욱 처참한 꼴이 된다. 우리가 과거 미소 냉전 시대를 연상케 하는 접전을 벌이고 있는 사이에, 원석이 형이 갑자기 뭔가를 떠올렸다는 듯 손바닥에 주먹을 탁 쳤다.

"병관아, 설마 너 그거 가져왔냐?"
"아하, 그거라면…!"
"그래, 그거 말이야. 그거!"
"흐흐흐, 물론 가져왔지. 짜잔!"

병관이 형이 기대감을 최대한 증폭시키더니 재킷 앞주머니에서 꺼낸 물건은 다름 아닌 검정으로 채색된 세련된 디자인의 마우스였다. 대회에 나갈 때마다 애용하는 마우스인 듯싶다. 그런데 그때 원석이 형이 먹이를 발견한 매의 눈을 하더니 순간적으로 그 마우스를 낚아채고 여유 있게 뒤로 빠졌다. 병관이 형은 급당황한 표정을 보이더니 전혀 예상하지 못했다는 듯 투덜대며 말했다.

"원석이 형, 그건 내가 쓰려고 가져온 거라구! 전에 나한테 줘놓고 치사하게 도로 뺏는 게 어딨어!?"
"후후…. 미안, 병관아. 이번 대회는 꽤 중요해서 말이야. 우승하고 나서 돌려줄 테니까 걱정하지 마."
"쳇…. 너무해! 나도 이번 대회 우승하려고 왔는데!"

저 마우스에 어떤 기능이라도 따로 있는 건가? 형들이 왜 저 마우스에 집착하는 걸까? 사실 난 궁금한 건 참지 못하는 성격이다. 얼른 원석이 형에게 질문했더니 이런 답변이 왔다.

"아하, 최승태. 넌 이 마우스가 뭔지 모르는 게 당연해. 사실 이 마우스는 3년 전부터 스타크래프트 개인전 대회에 나갈 때마다 내게 우승을 안겨준 아이템이야. 나에겐 추억의 물건이나 다름없지. 예전에 병관이가 하도 달라고 해서 빌려줬더니 언제부턴가 너무 그립더라고. 이 마우스로 밀리를 하다 보면 나 자신도 모르는 사이에 초사이언 모드로 바뀌어서 내 상대들이 맥도 못 추고 낙엽같이 쓰러졌었다니깐!? 어때, 얘기를 들어보니까 너도 슬쩍 탐나지!?"

갑자기 초사이언 모드라고 하니까 아주 옛날에 방영했던 추억의 만화가 하나 생각나는데?! 저 마우스에 손을 갖다 댄다고 머리가 노란색으로 바뀌는 건 절대 아닐 테고…. 말만 들어봤을 땐 플레이어에게 자신감을 불어넣는 속성이 저 마우스에 알게 모르게 존재하나보다. 이제 슬슬 대회가 열리는 PC방으로 향할까 하는데 누군가의 주머니에서 핸드폰 진동 소리가 울리기 시작했다.

"어라, 문자 왔네."

원석이 형이 짧게 중얼거리며 자신의 핸드폰을 꺼내 들었다. 확인해보니 제열이 형의 문자 메시지 한 통이 들어와 있었다. 우린 다 같이 옹기종기 모여서 핸드폰 화면을 주시했다.

「아오, 강성진 이놈은 오다가 맨홀에 빠지기라도 했냐? 너희들 도대체 언제까지 역 앞에서 기다리기만 하고 있을 거야!? 대진표 뜬지 좀 됐으니까 빨리 와. 아, 그리고 대진표에 Zequ도 있더라」

Zequ가 이 대회에 참가한다는 것은, 보나마나 원석이 형을 노리고 참가한 것임이 분명하다. 진짜 한번 붙어보고 싶어서 안달 난 것 같다. 그런데 조금 더 호러스러운 소식은 강성진과 병관이 형도 배틀넷 길드 채널에서 Zequ와 대면한 적이 있었다는 것이었다. 원석이 형과 나는 강성진으로부터 좀 더 자세히 들어보기로 했다.

"콜록콜록···. 그래. 그러니까···. 1주 전에 병관이 형과 난 평소대로 길드 채널에 접속해있었어. 그런데 갑자기 Zequ가 길드 채널에 들어오더니 Shadow를 찾고 있다는 말로 계속 도배했었지. 우린 원석이 형을 찾고 있는 이유를 물어봤지만 Zequ는 대답해주지 않아."
"그런데 뭔가 좀 이상하네."

이때 병관이 형이 갑자기 의문을 제기하였다. 그는 조금 뜸을 들이는가 싶더니 약간 볼륨을 낮추고는 진지한 표정으로 천천히 말하는데, 자신이 외향적임을 여지없이 과시했던 아까 모습과는 매우 달랐기에, 얼른 적응이 되지 않았다.

"우리 길드가 워낙 온라인상에선 유명한 편이니까, 원석이 형이 소속된 길드 채널로 와서 떠드는 건 그러려니 싶은데···. 문제는 Zequ가 범진이 형과 제열이 형에게 오프라인으로 찾아갈 정도의 정보력을 가지고 있다는 거야. 이런 녀석이 왜 그토록 만나고 싶어 하는 원석이 형에겐 안 찾아올까···?"

이에 원석이 형이 부인했다.

"그, 그야 내가 요즘 싸돌아다니잖니. Zequ가 날 찾는 게 어려웠을 수도 있겠지. 찾기 어려우니까 찾고 있다고 말하는 게 당연하지 않겠어?"

분명 Zequ는 원석이 형의 위치를 모르고 있는 것이 아닐 거야. 이것만큼은 100% 확실하다. 한 가지 궁금한 점은 왜 Zequ가 대회 같은 곳에서 원석이 형과 대결하고 싶은가 이다. 여기엔 내가 알기 어려운 의도가 숨겨져 있을 것 같다.

지하철역 앞에서 만난 우리 일행이 대회가 열리는 PC방에 뒤늦게 입성하자마자 주변에서 들리는 남성 참가자 일행들의 지방방송이 자꾸만 건물 내부를 소란스럽게 하는데, 귀가 간지러워져서 그런지 느낌이 영 좋지만은 않다.

"저, 저 녀석은 혹시…?"
"설마, 그 유명한 최원석인가!?"
"최원석? 최원석이 누구야?"
"고등학교 3학년 재학 중인 그 사람 말이야. Shadow라고…. 스타크래프트만큼은 엄청나게 잘한다는 전설적인 프로토스…."
"난 처음 들어보는데? 어차피 프로게이머도 아니고 아마추어잖아? 게다가 고등학교 3학년이면 독서실에서 공부해야 하는 거 아냐?"
"그러고 보니 그러네. 설마 수능포기자인가?"
"쯧쯧…. 밥만 먹고 게임 했으니 유명해졌겠지. 하긴, 공부를 못하면 게임이라도 잘해야지."
"… 잠깐만, 옆에 있는 녀석들을 봐. 틀림없이 강남 패밀리야!"
"강남 패밀리? 그게 뭐야?"
"Zera와 Xeno. 강남에서 열리는 대회란 대회는 모조리 휩쓴다는 두 녀석을 가리키는 말이야. Shadow랑 같은 길드인데, 듣자하니 실력이 장난 아니라던데?"
"와, XX. 오늘 대회는 경쟁률이 장난이 아닌데…. 그냥 포기하고 집이나 갈까?"

… 이거, 실력이 매우 허접한 날 제외한 세 사람은 완전히 대회 참가자들에게 눈도장을 받아둔 상황이군. 신난 병관이 형의 입술에서 나는 휘파람 소리는 멈출 기미가 보이지 않았다.

장발의 수상한 남자

이미 대회가 진행 중인 PC방 현장에는 대회 참가자들로 너무 북적대서 현기증까지 날 것 같았다. 어찌어찌 돌파하여 대진표가 걸려있는 장소까지 이동하니, 그곳에는 범진이 형과 제열이 형이 서 있었는데, 그중 제열이 형이 왜 이제 오냐면서 짜증을 실컷 부렸고, 원석이 형이 익살맞게 웃으며 그를 달랬다.

"아아, 미안. 아까 역에서 병관이하고 오랜만에 만나가지고, 잠깐 얘기 좀 하느라 늦었어."

… 원석이 형의 말대로라면 10분에서 20분 정도 늦은 듯이 말하고 있는 것 같지만, 사실 우린 1시간이나 늦게 왔다. 그런데도 아무렇지 않게 늦은 이유를 설명하고 밝은 표정을 지으면서 상황을 유연하게 대처하는 이 모습을 보면, 내가 원석이 형에게 배워야 할 것은 스타크래프트 뿐만은 아닌 것 같다는 생각이 들게끔 한다. 그런데 여기서 주목할 것은 제열이 형의 급격한 표정 변화였다.

"… 뭐!? 지금 뭐라고 했어…. 병관이가 왔다고!?"

　그는 너무 놀란 나머지 식은땀마저 흘리고 있었다. 마치 일어나선 안 될 일이 일어났다는 듯이 두려움에 떨고 있는데… 병관이 형이 무슨 귀신이라도 되나? 반면 범진이 형은 되게 반가워하는 얼굴이다.

"그, 근데…. 어, 어딨어!? 병관이 어딨어!?"

　황급히 병관이 형의 존재를 찾는 제열이 형…. 그리고 보니 병관이 형은 분명히 아까부터 우리와 동행한 채로 PC방에 같이 들어왔었는데…. 우리 일행이 주위를 두리번거리며 살펴봤지만, 그는 온데간데없다.

"어라, 병관이 이 녀석…. 으휴, 정말이지 어디로 새는 데엔 도사라니까."

난감하다는 듯한 멘트를 날리며 어리둥절해하는 원석이 형, 그리고….

"도망쳐야겠어…. 지금 대회가 문제가 아니야…. 난 당장 여길 빠져나가야 해!"

… 대회가 코앞인데 위기의식을 느낀 나머지, PC방 입구를 향해 빠른 걸음으로 도주하는 제열이 형. 강성진은 그의 뒷모습을 보며 가볍게 코웃음을 쳤다. 말도 없이 사라진 병관이 형을 찾는 것도 중요하지만, 대진표부터 확인하는 것이 우선순위다. 흠음…. 대충 보아하니 우리 일행 모두 대진이 뒤쪽에 배치되어 있어서 지각하진 않게 됐군. 참으로 다행스럽다. 지각했단 이유로 대회 경기도 못 해보고 떨어지게 되면, 그만한 굴욕이 따로 없을 것이다.

우선 중등부, 나는 강성진과는 예선에선 만나지 않지만 16강 본선에서는 같은 조에 편성된다. 그렇지만 32강 예선까지는 토너먼트이고, 16강과 8강은 듀얼토너먼트 방식이기 때문에 16강 본선에서 강성진을 만나서 그에게 지더라도 기회가 남아있다 보니 결승까지 올라갈 기회는 분명히 존재한다. 어떻게든 8강까지만 올라가면 강성진과는 결승전에서 보게 된다. 강성진도 16강 본선에서 날 만난단 사실을 깨닫고는 옆에 있던 나한테 빈정거렸다.

"최승태, 너 운 좋은 줄 알아. 나하고 토너먼트 전에서 만났으면 넌 끝이었어. 뭐, 넌 아무래도 예선 통과도 못할 것 같긴 하다. 감히 256강 예선 탈락 예상해본다. 콜록콜록…."

그렇게 평소대로 버릇없이 굴더니 말도 없이 화장실로 가버리는데, 역시 남을 까는 실력만큼은 세계제일인 녀석이다. 실력을 고려할 때 강성진은 결승전까진 무조건 올라가겠지…. 나도 무시당하고 있을 수만은 없다. 만나기라도 하면 반드시 녀석의 콧대를 꺾어줄 테다. 그리고 박준영은 나와 8강 본선에서 같은 조에 놓이게 되는데, 그땐 어느 정도 각오해야겠는 걸….

고등부는 우리 일행 중 절반 이상이 고등학생인데다, 현재 원석이 형과 갈등 관계에 놓여 있는 Zequ까지 포함해서 살펴보니 살짝 복잡하다. 우선 병관이 형이 64강에서 Zequ와 대결을 하게 된다. 이 단판제 싸움에서 병관이 형의 역량이 어느 정도인지 내 눈으로 직접 확인해볼 수도 있을 테고, Zequ 또한 마찬가지다.

그리고 영원한 라이벌인 범진이 형과 제열이 형이 32강 예선에서 마주친다. 본선 티켓을 따내기 위해 치열한 대결을 펼칠 것이 틀림없다. 아직까지는 제열이 형이 실력 상앞서고 있으나, 대회에서 좋은 성적을 내기 위해서 남이 쉴 때 쉬지도 않고 묵묵히 연습해 온 범진이 형이 이번엔 이변을 연출해낼지도 모른다. 엽기적인 플레이로 상대를 제압하는 제열이 형과, 컨트롤을 포기한 대신 물량에 집중하여 힘으로 누르는 범진이 형의 한판 대결 또한 초미의 관심사다.

병관이 형과 Zequ의 대결에서의 승리자와 범진이 형과 제열이 형의 대결에서의 승리자는 16강 본선에 같은 조로 편성이 되고, 계속 진출할 경우 결승전에서 원석이 형과 마주할 영광을 얻게 된다. 만약 Zequ가 병관이 형에게 무릎을 꿇는다면, 자신이 그토록 붙고 싶어 했던 원석이 형과는 매칭이 이루어지지 않을 테니, 비록 예선전이라도 전력을 다해올 것이 분명하다. 그리고 32강까지의 예선 맵은 루나이다.

대진표를 모두 확인한 우리 일행은 많은 인파를 피해 PC방 바깥 복도로 발걸음을 옮기고 있었는데, 나는 카운터 자리에 앉아 있는 대회 관계자와 말을 주고받고 있는 박준영을 우연히 목격했다. 그는 조용히 접근해온 나를 보더니 흡족하게 웃으며 말했다.

"후후, 저 128강 진출했습니다. 승태 선배는 아직 입니까?"
"이제 조만간 치를 거야. 대회 경기는 어땠어?"
"굉장히 약한 저그가 걸려서 초반 생마린 러쉬로 마무리 지었습니다."
"와아, 부럽다. 나도 고만고만한 상대가 걸려야 할 텐데…."
"아, 그나저나 최근에 이런 일이 있더군요. 선배도 소문 들으셨습니까?"

무슨 소문일까 궁금해서 들어봤더니, 정말 놀라운 내용이라 진지해지지 않을 수 없었다. 3일 전에 있었던 일이라고 한다. 저번 스타리그에서 우승을 차지한 이승재 프로게이머가 베틀넷의 어떤 채널에 접속한 적이 있었는데, 같은 채널에 있던 유저들이 그의 아이디인 Maneul을 보더니 신기하다는 듯 이것저것 질문 공세를 펼치기 시작했다. 이승재 프로게이머가 의미 있는 질문만 골라서 답변해주고 있는 가운데,

Zequ : 프로토스는 저그의 밥 아닌가요?

물음표가 붙어있지만, 도저히 질문 같아 보이지 않는 비하성 발언을 Zequ가 했다는 것이다. 이승재 프로게이머는 이에 발끈하여 반발하였고, Zequ는 자기 스스로 내뱉은 내용이 전혀 문제될 게 없다고 했지만, 오히려 이 말이 도화선이 되었다고 한다. 결국, 두 사람은 3판 2선승제로 밀리를 하게 되었고, 이승재 프로게이머가 2:1로 간신히 승리, Zequ는 불명예를 안은 채로 조용히 사라졌다고 한다. 뭔가 중요해 보여, 이 사건…. 반드시 머릿속에 넣어둬야겠다.

박준영은 Zequ에 대해서 매우 잘 알고 있었다. 매우 유명한 아마추어 저그 유저이기에 모르는 사람이 오히려 드물다고 한다. 이름은 연정훈, 고등학교 2학년으로 프로토스에게 엄청 강한 모습을 보여왔기에 프로토스 사냥꾼이란 별명으로 유명하다는데, 이 별명은 어제 제열이 형한테서도 들은 적이 있다. 아마추어인데 이승재 프로게이머와도 호각을 이룰 정도면 정말 실력이 장난 아닌가보다… 그런데 그때, 내 뒤에서 원석이 형의 목소리가 들렸다.

"최승태, 여기서 뭐 하고 있어? 무슨 일이라도 생긴 줄 알고 찾았잖아. 얼른 복도로 나와. 마침 제열이랑 병관이도 돌아왔으니까."
"아아, 네. 잠깐 아는 애를 만나서 얘기 좀 나눴어요. 말도 없이 움직여서 죄송해요."

도끼눈을 하고 있는 원석이 형이 내 말에 고개를 살짝 돌려 박준영 쪽을 바라보는데, 얼굴을 보자마자 갑자기 흠칫거리더니 그를 손가락질하며 소리쳤다.

"어라, 혹시 당신은 해커 박준영!?"

… 그러고 보니 원석이 형도 박준영을 전혀 모르고 있던 건 아니었지. 예전에 원석이 형이 박준영에게 IP 체인져를 사 갔던 적이 있으니 말이다. 난 얼른 박준영에게도 정식으로 원석이 형을 소개하려고 했지만, 대화를 나눠보니 이미 원석이 형에 대해선 모르는 게 없는 것 같았다. 내가 원석이 형의 제자라는 사실마저도 알고 있다니, 난 지인들을 제외하면 아무에게도 이 사실을 퍼뜨린 적이 없는데…. 도대체 이런 정보를 어디서 얻은 것일까? 박준영이 원석이 형 앞에서 친절한 영업 멘트를 남발하기 시작했다.

"안녕하십니까, 최원석 고객님. 저희 회사 제품을 이용해주셔서 감사합니다. 고객님께서 구매하신 IP 체인져가 다음 주 내로 2.0으로 버전업이 되므로 저희 회사 홈페이지를 확인하시어 제품을 업그레이드해주시길 당부 드립니다. 센스 있게 사용 후기도 남겨주시면 감사하겠습니다."

이럴 수가…. 직업이 있다는 소린 예전에 들은 적이 들었지만, 정체가 회사원이라고? 분명히 평일엔 오후 4시까지 학교에서 수업 받는 녀석인데, 회사 출근 시간대가 도대체 언제인 걸까…. 회사 출근 자체가 자유로운 걸까? 점점 알 수 없는 녀석이다. 나중에 기회가 되면 자세히 물어볼 필요가 있을 것 같다. 내 상식으로는 도저히 이해가 안 돼….

안병관이 강북에 놀러 왔다…. 인제열에게 있어서 현 상황은 그야말로 비상사태나 다름없었다. 그는 단지 정신적 괴로움으로부터 하루바삐 벗어나고 싶었다. 인제열은 PC방 바깥 복도로 나오며 조심스레 좌우를 살폈다. 갑작스럽게 사라진 안병관이 혹시나 복도에서 자신을 기다리고 있는지 확인하기 위함이었으나, 다행히도 모르는 사람들로 가득했고, 그는 여전히 보이지 않았다. 인제열은 엘리베이터 내려가는 버튼을 무심코 눌렀다가,

'잠깐만, 나 미쳤나 봐.'

문득 성급했단 생각이 들었는지 급히 손을 뗐다. 누른 버튼에는 여전히 불이 들어와 있었고, 엘리베이터는 위층에서 천천히 내려오는 중이었다. 인제열은 순간 망설여졌다.

'안병관 녀석은 분명 날 시험하고 있어…. 강북에 왔다는 소식을 듣자마자 내가 도망칠 것도 다 계산했을 거야. 아직 PC방 내부에 남아있는 거라면, 이대로 엘리베이터를 타고 도망쳐도 문제없지. 하지만 날 쉽게 보낼 호락호락한 녀석이 아니야. 녀석이 PC방 바깥으로 나갔다면 분명 내가 도망칠 루트에서 날 기다리고 있을 게 분명한데….'

마침 엘리베이터가 해당 층에 도착해 문이 열리는 순간에도 그는 여전히 갈등에 휩싸였다.

'그래, 맞아. 엘리베이터를 타고 내려가는 건 너무 뻔하고 위험해! 만약 녀석이 1층 엘리베이터 문 앞에서 대기하고 있다면, 빠져나갈 겨를도 없이 금세 붙잡히고 말거야…. 그렇다면 계단으로 내려가자. 계단을 지키고 있다면 다시 위로 도망치면 되는 거니까…. 좋아, 결정했어!'
"저기…. 안 타세요?"

그때, 엘리베이터 안에서 사복 차림의 10대 여자아이 하나가 열림 버튼을 누르고 있는 채로 자기 자신을 기다리는 게 아닌가.

"네, 타요!"

그는 건장한 남성이었기에 곧바로 계획을 수정했다. 엘리베이터에 탑승하는 그 순간에도 매복하기 딱 좋은 복도 화장실 쪽을 경계하는 것을 잊지 않았다. 이윽고 엘리베이터 문이 닫히고, 아래층을 향해 서서히 내려가기 시작했다. 그는 또래 여자아이와 좁은 공간에 갇혀 있는 이 상황을 은근히 즐기고 있었다. 슬쩍 눈을 돌려 여자아이의 몸을 빠르게 스캔하고는,

'외모도 그럴싸한데, 작업이나 걸어봐?'

하며 말을 걸 기회만을 엿보고 있었는데, 여자아이가 엘리베이터 내부의 옆면에 달린 거울을 보는 것을 멈추고 다시 정면을 본다.

"저기…!"

그가 뭔가 말을 꺼내려는 순간, 비슷한 타이밍에 짧은 효과음과 함께 엘리베이터 문이 천천히 열린다. 층수 표시기는 분명 1층을 가리키고 있었다.

"네?"

여자아이가 고개를 돌려 반응하는데, 인제열은 문 열리는 소리에 정신이 번쩍하더니, 자신이 처한 상황을 되새기며 황급히 엘리베이터 문 바깥을 주시하였다. 바로 정면의 조금 떨어진 지점에는 악랄한 미소를 지으며 이쪽을 바라보는 안병관이 있었다.

"하이, 제열이 형! 또 통했네~? 우린 너무 궁합이 잘 맞아서 탈이야. 그치?"

아마도 이지선다형에서 서로 같은 선택을 한 것에 대한 감상을 말하고 있는 듯하다. 인제열은 그를 본 순간 온몸이 굳어버렸다. 이제 남은 것은 체념하는 것뿐이다.

"왜요? 기다리게 하지 말고 얼른 말씀하세요."

이런 급박한 상황에서도, 여자아이는 모르는 남성이 말을 걸어준 것에 대해 내심 기뻐하며 엘리베이터에서 나가지 않고 떨리는 목소리로 물었다. 안병관이 엘리베이터를 향해 전력으로 달려갔고, 인제열이 표정이 일그러지며 고통스럽게 외친다.

"아, 아무것도 아니에요오오으으으아아아아악!"

안병관은 엘리베이터에 가까이 접근했을 때 도움닫기로 몸을 공중에 띄웠고, 자신이 오른발바닥이 앞으로 나오도록 했다. 그 오른발바닥은 인제열의 상복부를 정확히 짓눌렀다. 맞은 몸이 엘리베이터 뒷면과 심하게 부딪히더니 다시 튕겨서 앞으로 나왔고, 안병관은 순식간에 그의 왼팔을 꺾어버렸다. 옆에 가까이 있던 여자아이는 너무 놀랐는지 자신의 입에 한 손바닥을 갖다 댄 채로 우물쭈물하고 있었고,

"사, 사람 살려! 으아아아아아아아악!"

인제열은 괴로운 신음을 연이어 반복하며 자신의 고통을 호소하면서도, 가해자의 뺨을 오른손으로 꼬집으며 최후의 저항을 하였고….

"흐흐흐흐흐흐! 제열이 형, 이것도 다 형이 좋아서 이러는 거야. 워낙 실력 있으니까! 하는 행동이 재밌으니까! 그리고 너무나도 귀여우니까!"

얼굴에 고스란히 충격이 전해져도 괴기한 미소를 잃지 않으며 악마의 모습을 완벽히 재현하는 안병관이었다. 힘에서 밀려버리니 도저히 벗어날 수가 없다. 아무리 고통스러워해도 꺾인 왼팔을 풀어줄 기미가 없다. 그런데 엘리베이터 문이 자동으로 닫히는 그 순간이었다. 격렬한 싸대기 소리가 좁은 엘리베이터 안을 가득 메웠고, 악마는 하던 짓을 일시에 멈추더니 기분 상한 얼굴로 여자아이를 쳐다봤고, 그녀는 정색한 얼굴로 엘리베이터 열림 버튼을 누르더니, 서둘러 폭력적인 현장을 빠져나갔다. 안병관이 인제열에게 작은 목소리로 물었다.

"제열이 형, 나 왜 맞은 거야?"
"음…. 아마도 내가 잘생겨서?"
"……."

나와 원석이 형이 박준영을 보낸 후에 복도로 나오니, 아픈 배를 오른손으로 살살 문지르고 있는 제열이 형과, 어디로 사라졌나 했더니 뺨에 빨간 손바닥 자국 타투를 하고 온 병관이 형이 일행들과 같이 있었다. 그 둘은 방금 전에 커다란 고통을 맛본지라 평소와는 다르게 얌전히 있었고,

"성진아, 너 키 좀 커야겠다? 우유는 마시고 있어? 이참에 친구들하고 농구 좀 즐겨봐. 나도 그렇게 컸으니까."

엄청난 키를 가진 범진이 형이 유난히 키 작은 강성진의 머리를 쓰다듬으며 그렇게 말했다. 하긴 나이가 많은 자신과 제열이 형에게 형이라고 부르지도 않는 녀석이니 저렇게 놀림 받아도 싸다.

"닥쳐, 김범진. 허접 주제에…. 콜록콜록…."

강성진의 성난 반격에도 범진이 형은 아저씨처럼 호탕하게 웃었다. 마침 건물 곳곳에 안내방송이 울려 퍼졌다. 대회 관계자의 목소리에 호명되는 이름 중에는 원석이 형, 범진이 형, 병관이 형, 그리고 강성진이 껴 있었다. 네 인원은 방송을 듣자마자 얼른 PC방 안으로 들어가서 자기 자리를 찾아 각자 앉았다. 호명되지 않은 제열이 형과 나도 끼어들어서 경기를 관전하기로 했는데, 나는 병관이 형의 플레이를 지켜보고 싶은 마음이 가득했기에 병관이 형 자리의 뒤에 섰다.

MCyoungjoon : GG
Xeno : GG

… 대단한걸. 병관이 형의 벌쳐 컨트롤은 장난이 아닌 것 같아. 탱크를 1기까지만 뽑고 앞마당을 먹은 뒤부터는 벌쳐만 계속 뽑아서 상대 프로토스의 행동을 계속 방해하는 식으로 가볍게 승리를 해버렸다. 드래군이 벌쳐를 보고 도망갈 정도라니, 손 빠르기는 원석이 형 말대로 정말 장난이 아니다. 게임이 끝나고 하는 말을 들어

보니, 드래군의 숫자와 행동을 보고 리버가 자기 본진에 오리라는 것도 예상하고 있었다는데, 참으로 놀라울 따름이다.

Carriertaehyong : GG
Maron : GG

뭐… 떨어질 거라고 생각해본 적은 없긴 하지만, 범진이 형의 플레이를 구경 좀 해볼까 했더니 벌써 상대방에게 GG를 받고 가볍게 256강전을 통과했다. 이제 원석이 형하고 강성진이 남았지. 우리가 원석이 형에게 가보니 그의 뒷자리에 서서 구경 중이던 제열이 형의 표정은 매우 즐거워보였다.

Cheatnote : GG
Shadow : GG

"하하하, 역시 이 원석님의 실력은 전혀 녹슬지 않았군!"

일명 초사이언 마우스로 첫 게임을 치른 원석이 형이 게임에서 이기더니 자신만만한 표정으로 우리 일행들에게 자랑하기 시작했다. 그럴 만도 한 게, 정말 멋있게 이기긴 했다. 테란을 상대로 리버 드랍을 성공적으로 한 이후, 추가 하이템플러 드랍으로 진을 빼더니 질럿 아칸 러쉬로 테란의 앞마당을 파업시켰다. 테란전에서 아칸을 쓰다니, 어지간히도 여유가 있었나 보다. 그나저나 강성진이 생각보다 조금 늦는데, 무슨 일이라도 생긴 걸까….

"그나저나 강성진은 아직 안 끝났나?"

원석이 형도 나와 같은 생각으로, 강성진이 아직 돌아오지 않는 것에 대해 약간 걱정이 되는 모양이었다. 그도 그럴 것이 대회 시작한 지 30분씩이나 지났기 때문이다. 물론 장기전을 하게 됐다는 추측을 해볼 수도 있지만, 강성진의 실력을 염두에 둘 때 상대와 장기전을 하게 된다는 것 자체가 말이 안 되기 때문이다. 난 얼른 일행들과 더불어 강성진이 게임을 하고 있는 자리로 찾아갔다.

"……."

아니, 이럴 수가…. 우리는 눈앞의 광경에 도저히 기겁하지 않을 수 없었다. 강성진이 키보드 위에 엎어져 쓰러진 채로 있는 것이 아닌가…! 너무나 고통스러운지 연거푸 신음을 내고 있고, 눈조차도 뜨지 못하고 있다. 원석이 형이 황급히 다가가 강성진을 일으켜 부축했고, 정신을 거의 놓다시피 한 그에게 여러 가지로 물어보기 시작했다.

"성진아, 괜찮은 거야?"

대답을 전혀 못하고 있어… 이정도 수준의 감기는 아니었다고 생각했는데… 도대체 강성진 이 녀석은 뭘 했길래 감기가 이 정도로 지독해진 거지? 원석이 형이 곧바로 강성진을 업고, 병관이 형이 대동하여 이 PC방을 조용히 빠져나갔다. 강성진이 앉아있었던 컴퓨터를 살펴보니… 총 점수는 Zera가 훨씬 높네. Victory란 메시지도 좌측 상단에 표시되어있는 걸 보아하니 강성진이 이긴 게 확실하다. 할 건 다 하고 쓰러졌다는 건가. 나와 같이 PC방에 남은 형들도 어느 정도는 놀란 눈치였다. 나와 마찬가지로 강성진의 감기가 그 정도로 심각할 줄 몰랐다는 것이었다. 범진이 형은 이걸 계기로 하여 제열이 형에게 죄를 뒤집어씌우려 했다.

"인제열 개자식, 난 강성진과 같은 시간에 대회를 치르고 있었으니까 미처 도와주지 못했다 해도, 넌 대회 경기가 없었으니까 감기가 심했던 강성진을 충분히 도울 수 있었잖아. 형의 본분을 다하지 못하고 원석이 게임에 한눈이나 팔고 앉아있고. 쯧쯧."
"강성진이 쓰러질 거란 걸 내가 어떻게 예상하냐? 내가 무슨 미래를 보는 능력이라도 있는 줄 알아? 게다가 우리에게 반말만 찍찍 써대는 녀석을 넌 돕고 싶냐?"

제열이 형의 격앙된 의견을 듣던 범진이 형은 골똘히 생각하더니,

"하긴 그래."

라는 아이러니한 답변을 하였다. 잠깐만… 형들, 아무리 그래도 그렇지. 이런 결론은 좀 아니잖아?!

강성진이 원인을 알 수 없는 감기를 앓더니 그것이 도가 지나쳐 병원으로 속행… 아직 제열이 형과 내 차례가 남아있고 범진이 형이 그런 우리들을 관전하는 상태, 솔직히 말해서 엄청 떨린다. 첫판부터 탈락하면 웃음거리로 남아나겠지. 첫판이라도 이기자. 난 할 수 있어! 난 마우스를 오른손으로 부여잡고 왼손은 키보드 좌측의 단축키가 많은 지점에 올려놓았다. 그리고 서둘러 UDP로 들어가서 지정된 자리에 들어갔다. 드디어 시작이다! (맵이 루나인 것은 예선 끝날 때까진 언급하지 않겠다)

상대는 2시 테란이었는데, 11시 진영인 나는 1게이트 드래군 체제로 정찰 온 SCV를 잡자마자 본진에 아둔을 올렸고, 아둔이 건설되자마자 템플러 아카이브, 그리고 추가로 게이트를 하나 더 늘렸다. 2게이트에서 다크템플러 2기를 뽑아서 그대로 테란 진영으로 보냈는데 정말 절묘한 타이밍에 테란의 터렛이 자신의 앞마당에 건설돼버렸다.

마린 4기와 탱크 2기가 터렛에 의지하여 다크템플러를 쫓아내려했으나, 나는 머리를 좀 더 썼다. 2 다크템플러를 그대로 무빙시킨 것이다. 1 다크템플러는 잡혔으나, 다행히도 터렛이 테란의 본진에는 없었다. 나는 다크템플러로 최대한 피해를 주면서 11시 앞마당을 손에 넣었다. 근데 이 테란… 생각보다 못한다. 2 다크도 아니고 1 다크에 마인 까는 것도 매우 엉성하다. 예상보다 약한 상대가 걸린 나는 점차 의기양양해졌다. 자, 이제 어떻게 요리해줄까…!

Seungwonleft : GG
Seungwonleft has left the game.

상대방은 내가 본때를 보여주기 전에 나가버렸다. 범진이 형과 제열이 형은 내가 예선 1차전을 뚫을 거란 생각을 전혀 못했다고 한다. 아무래도 4:4 팀플레이 대회 때 보여준 내 실력 때문이겠지. 하지만 지금의 나는 다르다. 저번에 김정환을 단번에 붙잡은 것도 그렇고, 원석이 형한테 노하우를 전수해달라고 매달리는 것도 그렇고, 강성진에게 속절없이 당하는 것도 그렇고. 아아, 정말 처참하군.

지금쯤 강성진은 원석이 형과 병관이 형이 부축하여 병원으로 이동했을 것이 분명하다. 아직 개인전 대회에서 또다시 내 차례가 되려면 시간이 좀 남아있으니 비상시를 대비해 범진이 형을 대회장에 두고 가기로 했다. 원석이 형의 귀찮음을 염두에 두자면, 분명 이곳 근처에 있는 가장 가까운 병원으로 갔을 것이다.

"갈 곳 저기밖에 없잖아. 원석이한테는."

내가 개인 병원을 찾아내서 입술을 움직이려 할 때, 먼저 제열이 형이 나에게 비아냥 거리듯 굴었다. 강성진이 아무리 나보다 한 살 어린 애송이더라도 예의는 지켜야 하는 법, 제열이 형에게 떠밀린 나는 슈퍼마켓에 들러 의기양양하게 콜라 하나와 주스 선물 상자를 내 돈으로 구입하였다. 우리 둘은 단숨에 병원으로 돌진, 병원 사람들을 통해 강성진이 어디에서 입원하고 있는지 알 수 있었다. 우리의 걱정과는 달리, 강성진은 침대에 누운 채로 어린아이마냥 코를 골며 잠들어있었고, 여기까지 강성진을 데려와 간병하던 원석이 형이 밝은 얼굴로 우릴 맞이했다.

"뭐, 별거 아니야. 1주일 정도 쉬면 된다고 하니까 말이야."

난 강성진이 쓰러진 원인이 궁금해서 원석이 형에게 물어봤더니, 스트레스로 인하여 여러 가지 병이 겹쳐버렸다고 내게 설명해줬다. 전치 1주일인데 뭐가 별거 아니야, 도대체가….
원석이 형의 설명에 대해, 강성진이 스트레스 받을 일이 뭐가 있을까 생각을 좀 해보긴 했지만… 아, 잠깐만. 혹시 강성진 녀석, 강초원에게 진 것 때문에…? 그나저나, 내가 심도 있게 생각하려는 것을 원석이 형이 자꾸 방해하니 짜증이 솟구친다. 하여튼, 제열이 형과 병관이 형 둘이서 조용히 말을 섞다가 대회장으로 향했다.

"그나저나, 최승태. 강성진은 이대로라면 오늘 개인전 대회 참가는 불가능할 텐데 말이야. 256강은 이미 끝났지만, 이번 128강은 오늘까지 치러야 하는 거니까. 오늘 한 경기만 버틴다면 1주일 뒤에 다시 64강전을 이어서 치르는 거라서, 이것만 넘기면 된다고 본다만…."
"설마, 저보고 강성진을 대신해서 대회를 치러달라는 뜻은 아니겠죠?"
"뭐, 네가 어쩔 수 없다면 어쩔 수 없는 거지만 말이야. 근데 네가 거부를 해도 별수 없게 됐어. 병관이가 작업할 거거든."
"작업을 한다뇨? 대회 관계자들과 얘기가 끝났다는 건가요?"

말도 안 돼… 강성진이 병결로 그만두는데 기회를 이렇게 쉽게 주다니…. 원석이 형과 얘기를 나누다 보니 이게 어떻게 돌아가는 소린지 알겠다. 강성진과 병관이 형이 소속한 강남 패밀리라는 것은, 강남 거주자를 뜻한다. 부자들로 판치는 지역이니 돈으로 안 될 게 없다는 것이다. 난 마지막으로 생각나는 경우에 대해 말했다.

"개인전 대회가 초, 중등부와 고등부로 나뉘어 있기 때문에 원석이 형을 비롯한 일행들은 모두 대타가 불가능해요. 하는 수 없이 중등부인 제가 자리에 앉아서 게임을 한다 쳐도, 제가 만약 강성진의 상대를 못 이기면 어떻게 되나요?"

바로 이거다. 만약 내가 해서 진다면 강성진이 피해를 보는 거나 마찬가지이기 때문이다. 그러면 강성진의 낯짝을 보기가 어렵게 된다. 그래선 안 돼.

―

최승태가 최원석의 사주를 받고 대회장으로 향했다. 뒤늦게 병원에 찾아온 김범진은 강성진의 침대 옆 간병인 자리에 최원석과 같이 나란히 앉아있는 상태. 최원석이 애처로운 표정을 지으며 강성진의 이불을 올려 덮어준다. 김범진은 옆에 앉아있는 최원석에게 질타하듯 말한다.

"원석. 또 돈으로 해결하는 거냐."
"하하하."

그저 웃음으로 일관하는 최원석, 호기심 많은 김범진이 다그친다.

"이번엔 얼마야?"
"글쎄. 병관이가 계산할 문제라 난 모르겠어. 그리고 말이야, 내 돈으로 해결할 리가 없잖아, 범진아."
"… 넌 이런 쪽에선 정말 사악해."
"우리 일행을 구하는 건데 뭐가 사악해?"
"정말이지, 못 말려."
"범진아, 내 차례도 있으니까 가봐야겠다. 대회장에서 벗어나 있으니 불안해져."
"흐흐, 그래. 얼른 붙고 돌아와. 그다음엔 내 차례니까"

난 얼른 개인전 대회 예선전이 열리고 있는 PC방으로 돌아왔다. 아직 강성진 차례는 오지 않았기에 안도의 한숨을 내쉬었다. 카운터에는 대회 관계자와 여러 이야기를 주고받는 제열이 형과 병관이 형이 있었다.

"자, 결제 완료!"

갑자기 들려오는 병관이 형의 사나운 외침, 그는 그 이후에 멍한 표정을 여지없이 짓고 있는 날 향해 어김없이 쏴댔다.

"뉴페이스! 성진이 대신 이길 수 있는 거지? 난 이기는 쪽에 돈을 걸었다구! 너는 이제부터 강성진이 되는 거야. 그래, 넌 강성진이야! 강남 패밀리의 강성진! 나도 강남 패밀리니까, 앞으로 잘 부탁해! 하하핫!"

난 도대체 뭐가 어떻게 돌아가는 것인지 모르겠다. 그냥 모르는 채로 열심히 게임해서 이기기만 하면 되는 거야? 너무나도 궁금한 나는 병관이 형에게 가서 실컷 따졌더니 돌아오는 대답이 이렇다.

"돈 좀 썼지. 뭐가 그리 궁금해!? 어쨌든 기회는 다시 돌아왔어. 잘할 수 있겠나, 뉴페이스!?"
"병관이 형. 그것도 그거지만, 궁금한 점이 한둘이 아니어서 그런데, 답변 좀 해주세요."
"응? 뭐길래 그래?"

내가 병관이 형에게 물고 늘어지는 이유는 아까 역 앞에서 보여준 추리력 때문이다. 대상은 Zequ, 병관이 형의 추측대로라면 범진이 형과 제열이 형은 거짓말을 하고 있는 걸지도 모른다고 한다. 평소에 장난기가 넘치는 두 사람이 원석이 형에게 심리적 압박감을 준 뒤 대회에서 그를 짓누르고 우승하기 위한 것이라는 생각.

Zequ가 Shadow의 주변 인물에게 직접 찾아갈 정도로 정보를 얻기는 엄청나게 난감하다. 주변 인물의 정보를 얻을 가능성은 있을지는 모른다. 하지만 주변 인물의 정보를 얻는 것보다 차라리 원석이 형이 어디 있으며 어떤 사람인지를 알아보는 게 훨씬 빠르다는 추측이다. 그러므로 Zequ는 범진이 형과 제열이 형을 찾아갈 이유가 없으며 그 두 사람은 우리에게 거짓말을 하는 것이라고 한다. 이로써 사건 하나가 일단락되었군.

"자, 그럼 몸 좀 풀어볼까?! Zequ, 이 강남 패밀리의 리더인 내 손으로 포획해주지!"

병관이 형이 자리에 앉아서 스트레칭하며 기세 좋게 멘트를 날렸다. 128강전의 빅매치, 안병관 대 Zequ가 지금 여기서 대결을 시작한다! 다만 나는 같은 타임에 강성진 대타 차례라 계속 지켜볼 수는 없어서 아쉽게 됐군. 그나저나, 갑자기 내 뒤에서 시끄러운 소리가 들리길래 잠깐 뒤돌아봤더니…. 대회 관계자 여러 명이 아까부터 수상해 보였던 장발의 남자 하나를 붙잡으며 시끄럽게 논쟁을 벌이고 있었다. 저 사람, 대회 참가자는 아닌 것 같은데…. 그 수상한 남자는 환한 미소로 대회 관계자들을 설득하기 시작했다.

그런데 내 예상과는 달리 대회 관계자들이 어느 정도 수긍을 하면서 결국 그자를 놔두는 것이었다. 도대체 어떤 말을 한 거지? 정말로 수상한 사람이군. 난 그 사람을 따라가 보기 시작했다. 분명 대회 참가자가 아니더라도 이렇게까지 대회장 안으로 들어오려고 하는 것은 어느 정도 이유가 있을 것이라는 생각이 들었기 때문이다. 그 수상한 남자는 갑자기 어느 자리에서 멈춰서더니, 어떤 사람을 보며 아주 작은 목소리로 혼잣말인양 말했다.

"Shadow."

언제부턴가 대회장 구석 자리로 돌아와서 대회 게임 연습 중이었던 원석이 형을 보며 그렇게 말했다. 분명히 난 귀가 밝기 때문에 잘못 들었을 리가 없다. 이 사람은 우선 Zequ일 리는 없다. 리그 참가자가 아니기 때문이다. 하지만… 왠지 심각하게 수상한 이 느낌을 내 머릿속에서 지울 수가 없다. 이때는 박준영과 더불어 제열이 형, 병관이 형이 128강전 대회에 참가하고 있었고, 나도 슬슬 자리에 앉으려는 순간이었다.

—

"저기, 아저씨. 원석이 형에게 무슨 볼일이라도 있나요?"

우선 여자는 아니다. 머리카락은 허리에 닿을 정도로 길었으나 얼굴형은 분명히 남자였다. 난 어떤 의도인지 알기 위해 수상한 장발의 남자에게 쏘아대며 말했다. 이때 원석이 형은 계속해서 게임에 몰두하는 중이었고, 그는 내가 원석이 형과 아는 사이임을 인지했는지 내게 묻기 시작했다.

"혹시, 둘이 아는 사이니?"
"네, 2개월 전부터 스타크래프트에 대한 걸 저한테 알려주기 시작해서, 그 이후로 얼떨결에 서로 친분을 쌓게 됐습니다. 스승과 제자의 관계인 셈이죠."

이런 식으로 말하면 적어도 내게 원석이 형을 찾아온 목적을 털어놓을 수 있겠지. 그런 내 추측은 어김없었다. 그랬더니 장발의 남자의 표정이 금세 밝아지며 내게 자초지종을 털어놓았다.

"오호, 흥미롭군. 확실히 Shadow에게서 배웠다면 실력도 만만치 않을 테고…. 사실 이 아저씨는 Shadow에게 용무가 있단다. 그래서 찾아왔지. 대회 참가자가 아니라서 여러 대회 관계자들에게 제재를 받긴 했지만. 혹시 자네의 이름이 어떻게 되는지 알 수 있을까?"
"최승태입니다."
"최승태라, 혹시 최원석 군이 프로게이머가 되고 싶단 말을 들어본 적 있니?"

프로게이머…? 원석이 형이 그저 아마추어 고수로 남아있기 때문에 그냥 궁금해서 말하고 있는 건가, 아니면…. 내가 들었던 말은 원석이 형이 과거에는 전설이 되고 싶었다는 말뿐…. 프로게이머나 준프로게이머가 되겠다는 말은 없었다.

"들어본 적은 없던 것 같은데, 혹시 무슨 사정이라도 있나요?"
"아니, 그게…. 그냥 궁금해서 물어본 거야. 저런 실력을 가진 자가 재야에 묻히는 것을 생각하니 매우 안타까울 따름이다. 요새는 웬만한 프로게이머보다 Shadow의 명성이 더 잘 알려졌으니까."

그것은 나도 확실히 느낄 수 있었다. 이 지역 주변 사람들이나, 심지어는 일부 프로게이머들도 원석이 형, Shadow에게 관심이 있다… 참 신기한 노릇이다. 하여튼 장발의 남성이 갑자기 내게 명함을 하나 내밀었다.

"이거 받도록 해라. 지금 Shadow는 게임에 빠져있는 것 같으니까. 게임이 끝나면 네가 대신 전해주도록 해. 지금 아저씨는 약간 바쁜 몸이니 또 어딘가로 가봐야 해서 말이지. 언제든지 시간이 되면 내게 전화를 걸어달라고 알려주도록. 이렇게 부탁한다."

이로써 나는 그에게 명함 하나를 건네받았다. 어디 보자, 이름은 이도재…. 역시 예상대로 E-Sports에 관계되어 있는 몸이었군. 그러니 프로게이머에 대한 것도 내게 물어본 것이었다. 아마도 선수 스카우트할만한 직업은 그중에서도 팀의 감독이나 코치일 텐데. 조금 재밌는 걸 알아낸 듯하다. 이 명함은 내가 접수.

—

'이번 대회 경기는 유난히 긴장이 심한데….'

난 대회 자리에 앉았다. 강성진의 대리 경기를 하기 위해서다. 강성진을 위해서라도 내가 이겨야만 한다. 그것만이 강성진에게 맞아 죽지 않을 최선의 길…. Zera라는 아이디로 UDP에 들어왔더니, 이미 상대가 기다리고 있었다.

Teze : GG GL

상대는 테란인가…. 루나에서 대각선이 나온 건 나에겐 행운이다. 난 여유롭게 로보틱스를 올려 옵저버를 뽑으면서 시작했다. 그런데 갑자기 적의 진영에서 자신의 입구에서 마린과 탱크 다수가 한꺼번에 내려오는 것이었다. 그러고는 내 정찰 프로브를 죽인 뒤 계속 진격해오기 시작했다. 내 생각대로라면 이 정도 드래군 숫자로는 못 막을 것이다. 앞마당 넥서스는 워프 중, 1게이트에서 겨우 2게이트로 늘린 상태에 드래군은 7기 정도…. 하지만 탱크는 적어도 5기 정도는 돼 보인다.

난 우선 시간이라도 끌 겸 드래군을 앞세웠다. 그러면서 로보틱스에서는 셔틀을 뽑아서 나중에 후속 질럿을 뽑아 태워서 막아보려는 심산이다. 어떻게든 탱크 1기 제거는 일점사를 통해 성공하긴 했는데…. 솔직히 탱크의 퉁퉁포는 사기적으로 강력하지 않은가. 잠깐만 싸우다 뒤로 뺐을 뿐인데 드래군이 벌써 2기나 잡혔다. 셔틀은 아직도 나오려면 좀 더 기다려야 하는 상태였다. 어쩔 수 없이 난 그대로 앞마당 넥서스를 취소했다.

성급히 드래군을 본진으로 귀환시킨 뒤, 어떻게든 버텨보려는 생각으로 여러 가지 수를 다 써봤는데, 셔틀로 나르는 건 상대가 벌써 터렛으로 차단을 해버린 상태였다. 결국, 나는 내 앞에서 조이기를 하고 있던 테란의 병력들을 치다가 결국 드래군들이 시즈탱크에 다 녹고 GG를 칠 수밖에 없는 상황에 놓였다.

Teze : 강성진님 너무 시시한데요

뭐지…. 날 무시하는 말투는. 아무튼, 나는 조용하게 그의 말을 계속 들어보기로 했다.

Teze : 알고 보니 별거 아니었네요, 강남에서 우승 많이 했다길래 기대했는데
Teze : 그냥 님이 진출했다고 하세요, 저 어차피 곧 시골 내려감
Teze : 그럼 bye bye

Teze has left the game.

"제가 이겼습니다."

… 결국, 강성진의 기대를 저버리지 않았다. 물론 내 실력으로 이기진 않았지만…. 난 자랑스럽게 대회장을 빠져나와서 대기실에 있던 일행들에게 당당하게 말했다. 나와 같이 대회장에서 대회를 치렀던 원석이 형, 제열이 형도 엄청나게 놀라워했다. 그런데 놀라워했던 건 내가 못 이길만한 상대를 이겼기 때문으로 결국 판명됐다.

갑자기 형들이 내가 이긴 걸 의심하기 시작하는 것이다. 자세히 들어보니 방금 나와 했던 상대는 김인근이라는 준프로게이머며, 강성진과는 동급이었다는 것이다. 곧 있으면 프로게이머로서 활약을 할 수 있을지도 모르는 유망주로 지목된 상대였다니 놀라울 따름이다. 원석이 형이 내게 의심을 품으며 말했다.

"1년 전부터 뜨기 시작한 녀석이었으니까, 지금이면 아마 15살인가. 그나저나 최승태, 너 정말 어떻게 이긴 거야? 너 지금 거짓말하는 거 아니지? 물론 내 제자니까 그럴 수는 있지만서도."

하여튼 우리는 강남패밀리의 리더, 병관이 형의 경기를 보러 가기로 했다. Zequ와 정면으로 맞부딪히는 병관이 형, 과연 어떻게 됐을까.

"와씨…."

병관이 형이 자기도 모르게 감탄사를 내뱉는다. 테란의 영토는 앞마당과 미네랄 멀티, 그 외 나머지는 저그의 영토였다. 병관이 형이 다수의 사이언스베슬로 울트라에게 이레디를 거는 장면들을 선보였으나 그럴수록 스커지에게 하나하나 붙잡힌다. 넓었던 전선이 가면 갈수록 축소되고, 울트라가 저글링과 같이 테란의 앞마당으로 돌진한다. 병관이 형이 3부대의 마린메딕 병력으로 저지하려 했으나 숫자에서 밀렸다.

Xeno : GG
Zequ : GG

결과는 Zequ의 승리, 병관이 형의 패배다. 우리 진영은 침묵할 수밖에 없었다. Zequ가 병관이 형을 상대로 강력한 모습을 보여주었기 때문이다. 이로써 병관이 형은 탈락, 대회에서 남은 사람은 원석이 형, 범진이 형, 제열이 형, 강성진, 박준영, 그리고 내가 있다. 하여튼 동료의 패배를 계기로 나는 더 분발할 수 있었다. 나는 엄청난 손 빠르기와 엄청난 자원관리, 엄청난 타이밍으로 128강 상대를 이길 수 있었다. 이것은 나의 투지 덕분이었다.

Nobilityjungmin : GG
Yukhang : GG

우선 오늘 일정은 끝났다. 256강부터 128강까지 마무리. 난 일행들과 냉면 집에서 한 그릇을 시원하게 먹고 대회에 관한 얘기를 이것저것 하는데, 가장 흥미진진한 주제는 병관이 형의 패배에 대해서다. 그리고 병원에 입원한 강성진은 원석이 형이 담당하기로 하였다. 우리 일행이 헤어진 뒤 나는 박준영과 같이 집으로 돌아가게 되었다. 둘의 대화는 박준영의 자랑부터 시작이었다.

"오늘은 참 재미있었습니다, 선배. 제 바이오닉에 저그들이 막 녹는 것 아니겠습니까."
"난 다크 2기 뽑아서 테란을 요리해버렸어. 터렛이 있었는데도 불구하고 말이야."
"호오, 그거 굉장하군요. 터렛이 있었는데 2 다크로 무빙을 시켰단 말씀이십니까?"
"그렇지. 그 타이밍에 테란의 본진에는 터렛이 없을 가능성이 높으니까."
"하긴, 셔틀에 다크를 태워서 드랍하는 게 아니면 그렇겠지요."

"그러고 보니 셔틀에 다크를 태우는 방법도 있겠구나. 그렇게 하면 테란이 대처를 미리 하지 않으면 상당히 말리겠는 걸?"
"그렇습니다. 터렛을 잘 짓지 않으면 구멍이 엄청 생기겠죠."
"흐음, 그렇구나."
"다만 셔틀 다크를 썼는데 상대방이 피해 없이 대처를 하게 된다면 프로토스는 GG를 칠 수밖에 없습니다. 그 정도로 도박성이 짙은 전략입니다."

박준영과 내가 여러 가지로 대회 때 있었던 일을 얘기하면서 하천 다리를 걷고 있던 도중, 문득 한 사람이 반대편에 나타났다. 그 사람은 불청객이나 다름없던 김정환이었다.

"야, 최승태! 나랑 한판 붙어! XX!"

하필이면 대회에서 진을 뺀 뒤에 나타나다니…. 그렇다고 거절하기도 좀 그래서 나는 김정환의 도전을 받아들이기로 했다. 박준영이 미소를 짓고 있다. 우리는 가까운 PC방을 찾아 이동했다. 그곳은 한창 여름이라 그런지 에어컨에 의해 쾌적했다.

이건 모르던 사실인데, 박준영도 김정환과 안면이 있다고 한다. 쥐도 새도 모르게 만났나보다. 그래서 우린 셋이서 자연스레 왁자지껄 떠들게 됐다. 그나저나, 김정환은 왠지 무언가로 인해 자신감이 넘쳐 보인다. 나에게 도전하기 위해 연습이라도 엄청나게 했다는 건가? 김정환이 반대편 자리로 가서 앉았고, 박준영이 내게 충고한다.

"선배, 조심하시길 바랍니다. 정환 선배가 다시 도전해왔으니 반드시 승리하기 위해 날빌을 사용할 가능성이 높습니다."

여기서 날빌이란 날카로운 빌드의 줄임말로, 단칼에 없애버려 승리하는 빌드오더를 말한다. 처음부터 제대로 대처하지 않으면 그대로 휘말려 패배하게 된다는 뜻이다. 날빌을 막기 위해서는 처음부터 정찰을 확실히 해야 한다. 일꾼을 하나만 써서 미연에 방지할 수도 있지만, 때에 따라서는 일꾼을 2기 활용할 필요도 있다. 날빌이 막히면 날빌을 사용한 플레이어도 위기에 처하기 때문에 일꾼 2기를 사용하는 것이 아까운 것이 아니다.

맵은 러시아워인가. 둘 다 주 종족이 프로토스이기 때문에 이번은 프프전이다. 나는 3시이고 프로브 정찰로 확인해본 결과 상대는 11시로 1게이트 플레이인 듯 하군. 나도 곧바로 따라갔다. 난 로보틱스를 올린 뒤 셔틀, 옵저버, 옵저버, 리버 순으로 뽑아서 최대한 상대의 행동을 안정적으로 대처하려 했다. 음…? 그런데 선 옵저버로 정찰 가봤더니 별다른 테크트리 건물은 없고 게이트만 3개째다. 설마 온리 드래군인가? 라는 생각이 들었을 때, 갑자기 내 입구 바로 앞에 김정환의 드래군들이 진을 치고 있었다. 조이기인 건가… 이거 정말 어떻게 뚫어야 할지 막막하군. 방도라 할 만한 건 셔틀을 이용하는 것뿐인데… 이것이 바로 날빌인가…!

김정환은 나보다도 앞서나가 내가 이동하는 셔틀 경로마다 파일런과 드래군을 하나씩 배치하였기에, 무시하고 갔다간 별 피해도 못주고 당할 것 같아서 그냥 셔틀을 본진으로 귀환시켰다. 내 병력은 입구 바깥으로 내려가지도 못하고 그대로 썩히고 있었다. 그 사이에 김정환은 멀티 하나를 늘린 상태. 난 멀티도 없이 그냥 병력과 셔틀만 계속 뽑았다. 벌써 셔틀 3기째이다. 우선 될 대로 되라는 식으로 셔틀 3기에 유닛을 계속 태워 다른 2시 미네랄 언덕 멀티에 착륙, 하지만 이 유닛들이 발견되자마자 상대 드래군들에 의해 죽어버렸다. 리버 1기도 이때 죽었다.

하지만 아직 셔틀 3기가 남아있다. 패배라고 단정 짓긴 이르다. 나는 다른 곳으로 나르기 신공을 계속하려는 생각뿐이었다. 이번엔 5시 미네랄 언덕 멀티로 병력을 실어 날랐다. 그곳에는 김정환의 파일런 하나가 버티고 서있었다. 나는 파일런을 부수고 입구 위에 병력을 배치시키고 그곳에 넥서스 하나를 소환하였다. 그런데 김정환의 강습이 생각보다 무섭다. 내 3시 앞마당 멀티에서 조이고 있던 김정환의 병력 절반이 내 5시 멀티 입구 아래쪽 자리에 배치된 채로 언덕 위의 내 병력과 맞서 싸웠고, 내 병력이 모두 산화되었다. 이때 리버 1기가 또 죽었다.

난 이번엔 2시 미네랄 언덕 멀티로 병력을 다시 실어 날랐다. 그곳에는 김정환의 드래군이 4기 가량 배치되어 있었다. 내 셔틀 하나가 김정환의 드래군에게 일점사로 잡힌 채 모두 제거, 이쪽에 넥서스를 소환했지만, 또 금세 김정환의 후속 병력에 의해 모두 제거 당했다. 부랴부랴 셔틀 2기만 내 3시 본진에 도달, 난 이번엔 될 대로 되라 하는 생각에 본진에서 버티고 있던 모든 질럿 드래군을 입구 아래로 내려가게 하였으나, 김정환의 조이기가 생각보다 너무 강했다. 내 병력은 김정환의 병력 일부도 제거하지 못하고 다시 언덕 위로 올라갔다. 내 셔틀 컨트롤도 미숙하다 보니 이때 리버 탄 셔틀이 쉽게 잡혔다.

이때, 내 본진 미네랄 자원이 말라가기 시작한 게 내 시야에 보였다. 자원이 마른다면 멀티를 해야 하는데 그러질 못하니 참 속상하다. 지금 김정환의 멀티는 2개 정도 확인되는데 말이다. 그래도 역시 중학교 스타 1등인가, 저번에 이긴 게 운이 아니었을까 하는 생각이 들기도 한다. 우선은 GG를 누르긴 해야 하는데…. 하아, 안타깝다. 나도 참….

Yukhang : GG
Lastfrined : GG

"하하하! 어떠냐, 최승태! 넌 나의 상대가 아니다!"

김정환의 도발…. 으으, 왠지 모르게 김정환의 계획적인 플레이가 돋보인다. 나도 예전보다 더 열심히 연습하지 않으면 계속 김정환에게 밀리겠는데…. 내가 하는 걸 옆에서 지켜본 박준영이 옆에서 거들었다.

"날빌에 당하셨군요. 선배, 처음부터 상대에게 드래군 조이기를 당하지 않으려면 상대의 드래군 숫자와 비슷하거나 조금 더 많은 드래군의 숫자를 유지하면서 미리 앞마당 쪽으로 내려와 있어야 합니다. 이번은 그냥 조이기를 당해버렸기 때문에 심리적으로 상대가 우위…. 게다가 선배는 발견하지 못해서 잘 모르시겠지만, 김정환 선배는 여유 있게 다른 스타팅 멀티 하나를 더 확보했었습니다. 안개가 걷히지 않아서 잘 모르셨을 겁니다."
"하아, 난 날빌이 너무 싫어. 뭔가 얍삽한 느낌이잖아."
"그럼 선배는 영영 날빌을 쓰지 않으실 생각이십니까?"
"글세…."
"정석만 쓴다면 결국은 상대방에게 놀아날 뿐입니다. 때로는 변칙적인 전략도 사용하셔야 승률이 높아지는 것입니다."
"그치만, 원석이 형은 나보고 정석만 쓰라고 하는 걸!"
"흠…."

박준영의 침묵이 이어졌다. 나는 말을 계속 이어나갔다.

"우선은 원석이 형 말대로 하겠어. 그러니 내 플레이 스타일에 간섭하지 마."

"… 알겠습니다. 그 점은 고려하도록 하죠."

게임이 끝나고 나서 김정환, 박준영 일행과 헤어진 뒤 집으로 돌아왔다. 상당히 피곤하군…. 오늘따라 일들이 상당히 많았는데 손 빠르기가 일행 중에서 제일 빠른 병관이 형을 만나기도 했고…. 256강전과 128강전, 게다가 강성진 덕분에 대신 한 경기를 더 뛰기도 했다. Zequ에 대해서도 여러 가지로 신경을 쓰기도 했고, 그리고 돌아오는 길에는 김정환도….

피곤하긴 하지만 잠은 안 오네. 좋아, 오늘 만났던 이도재 씨에게 장난 겸 전화나 걸어볼까. 내가 이도재 씨의 전화번호를 알고 있는 이유는 그의 명함을 곧바로 원석이 형에게 주지 않고 그대로 가지고 있었기 때문이다. 목소리를 조금 변조해서 말한다면 이도재 씨도 날 원석이 형으로 인식하겠지. 그의 목적을 확인해볼까?! 우선 내겐 핸드폰이 없었기 때문에 집전화로 해봤다.

"여보세요, 이도재입니다."
"안녕하십니까, 오늘 제가 아는 녀석이 이도재 씨로부터 명함을 받아서 여기에 적혀있는 번호로 전화해달라길래 제가 직접 전화를 걸었습니다. 그나저나 제게 볼일은 무엇인지 얼른 알려주십시오."
"아, 그렇습니까. 그럼 지금 당장 서울 광장 근처에 있는 공원으로 나와 주십시오. 전 본모습을 보면서 대화하고 싶습니다."

음? 이거 난감한데…. 목적을 알아내기도 전에 장난 전화를 중단할 수밖에 없는 위기로군. 설마 의심하고 있는 건가? 의심하고 있는 거라면 정말 이 사람… 치밀한 건데.

"제가 사실 피곤하므로 이런 밤중에 바깥으로 나가는 건 불가능합니다."
"그게…. 당신이 Shadow라는 증거가 100%가 아닌데다, 제게 있어선 중요사항이기 때문입니다.""

이 부분에서 서서히 나도 상대를 의심하는 척해서 말한다면 어느 정도는 의심을 줄일 수 있어 보인다…. 난 충분히 할 수 있다.

"당신도 절 의심하는 것 같은 눈치인데 정 그렇다면 저도 당신을 의심할 수밖에 없습니다. 대면한 적도 없는 사람에게 부름을 받는 것 자체가 좀 그렇거든요. 제가 아는 녀석으로부터 들은 건 그저 이도재라는 분에게 전화를 걸어보라는 것뿐입니다.

되도록 지금 이 전화로 그 중요사항이란 걸 알려주십시오."

"음, 그런가. 그런데 내 생각으로는 오늘 그 아는 녀석이란 분과 목소리가 비슷해 보이는데."

"······."

망했군. 이미 높임법이 바뀐 거로 보아 나임을 눈치 챘다.

"하지만 흥미롭군. Shadow의 제자라서 그런지 여러모로 끌리기도 하고. 내일에 한 번 다시 만날까? 그냥 서로 친분을 갖자는 의미로 말이야."

이로써 난 내 본명을 결국 그에게 밝힌 채 정보 같은 건 알아내지도 못하고 장난 전화는 실패로 끝났다. 나로서는 충격적인 패배였다.

"엄마! 계란프라이 해주세요! 밥에다 고추장으로 비벼 먹게!"

나는 밤늦게 돌아온 엄마에게 귀찮은 일을 시키고 2층 내 방으로 올라가 침대에 드러누웠다. 이도재 씨와의 만남이라… 에잇, 귀찮아! 내가 도대체 그 사람하고 왜 만나야 돼! 귀찮은 일아, 사라져라! 나는 우리 집에서 신나게 번식 중인 바퀴벌레들을 분사기로 해당 포인트로 몰다가 모조리 두꺼운 책 하나로 압사시켰다. 완벽한데? 안심한 나는 그제야 1층 부엌으로 가서 밥을 먹었고, 대회 생각을 하며 1층 거실 소파에 누워서 잤다.

STARC FIGHTERS

Part 1. 마침

스타크 파이터즈

지은이 최승태

1판 1쇄 발행 2018년 6월 27일

저작권자 최승태

발행처 하움출판사
발행인 문현광
교 정 성슬기
디자인 강태연
주 소 광주광역시 남구 주월동 1257-4 3층 하움출판사
I S B N 979-11-88461-38-7

홈페이지 www.haum.kr
이메일 haum1000@naver.com

좋은 책을 만들겠습니다.
하움출판사는 독자 여러분의 의견에 항상 귀 기울이고 있습니다.

· 값은 표지에 있습니다.
· 파본은 구입처에서 교환해 드립니다.
· 이 책은 저작권법에 따라 보호받는 저작물이므로 무단전제와 무단복제를 금지하며, 이 책 내용
  의 전부 또는 일부를 이용하려면 반드시 저작권자와 하움출판사의 서면동의를 받아야합니다.